读者精华文摘

（优选天下好文章）

Duzhe Jinghua Wenzhai / 10

感动一生的纯美阅读　润泽心灵的饕餮盛宴

当你发现世界并不如想象

陈晓辉　一路开花◎主编

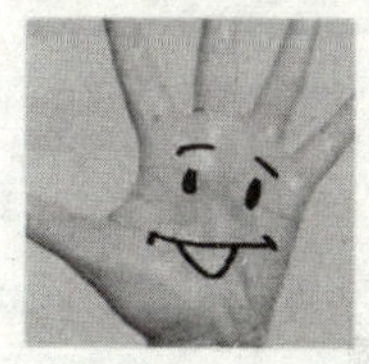

煤炭工业出版社
· 北　京 ·

图书在版编目（CIP）数据

当你发现世界并不如想象 / 陈晓辉，一路开花主编 . - - 北京：煤炭工业出版社，2015（2021. 12 重印）

（读者精华文摘）

ISBN 978 - 7 - 5020 - 4953 - 9

Ⅰ. ①当…　Ⅱ. ①陈…　②一…　Ⅲ. ①散文集—中国—当代　Ⅳ. ①I267

中国版本图书馆 CIP 数据核字（2015）第 206842 号

当你发现世界并不如想象

主　　编　陈晓辉　一路开花
责任编辑　马明仁
责任校对　郭浩亮
封面设计　宋双成

出版发行　煤炭工业出版社（北京市朝阳区芍药居 35 号　100029）
电　　话　010 - 84657898（总编室）
　　　　　　010 - 64018321（发行部）　010 - 84657880（读者服务部）
电子信箱　cciph612@ 126. com
网　　址　www. cciph. com. cn
印　　刷　北京飞达印刷有限责任公司
经　　销　全国新华书店

开　　本　710mm × 1000mm 1/16　**印张**　14　**字数**　180 千字
版　　次　2015 年 10 月第 1 版　2021 年 12 月第 4 次印刷
社内编号　7799　　**定价**　28. 00 元

把生活过成最美的诗句

雪炘

他是为数不多，没被我的直接尖锐吓跑，而每次都表现得很绅士的男生。

他家离我住的地方不远，当我将他挑剔到无力反击的时候，他说见面吧。既然那么有缘，我也闲来无事，见面谈谈无妨。

他说他想了好几天，见到我要聊什么，可见面还是显得很沉默。

我说，你平时生活中就这么不爱说话吗？

他说，大抵如此吧。

我心想，这样才好，因为他说话直接到让你吐血。比如，他见到我第一句话是，你的身体状况比我想象中严重很多。

我点点头，微笑，因为感觉没法接。

他又杀出第二句，你能说话吗？

我脑子里"嗡嗡"作响，气流从鼻孔涌出，却只能继续微笑。

他马上接着问，你笑什么？

我笑着摇摇头，说，我们还是走走吧。

夏天清晨的校园有轻凉的风，我却感觉太阳照在肌肤上，有一种灼烈的想逃脱的感觉。走到阴凉处，他很仔细地擦擦石椅，和我并排坐下来。这次好像好了一些，我们开始聊新闻和电影。可没过多久，我又无法去接他那独特的言辞，我们便继续漫步。

再遇阴凉处，他又掏出纸巾，仔细擦着凳子，然后走向垃圾桶。我们坐在树下，开始聊生活和感情，这次感觉好了很多。微风拂过草地，树上的虫子不断落在我身上，他一个一个捉走。

我问，为什么虫子不落在你身上？

他说，因为你是香的，我是臭的，它也懂得吃香的喝辣的。

我瞬间要跪着感谢上苍，原来也给了他幽默细胞。

后来相处久了才发现，他说话总是那么不紧不慢、面无表情，但每句话都能让你笑到半死。他对人的关照，自然中透着细致，细致到会默默抚平你发间的疲惫。

他会把你爸、你妈，改说成叔叔、阿姨。每次出门，他都会把沿途的垃圾收集在一个袋子里，然后找垃圾箱放进去。如果道路狭窄，他就将我拉到旁边，让别人先过。如果是晚上，他会提醒我，说话小声点，别打扰别人休息……

我从他身上清晰感受到一个词——教养。

有个朋友说，教养不是道德规范，也不是小学生行为准则，其实也并不跟文化程度、社会发展、经济水平挂钩，它更是一种体谅，体谅别人的不容易，体谅别人的处境和习惯。

同样，教养是能够从内心深处，理解和接纳别人不常规的地方。其实生命的相同之处就在于他们用各自的特点，表现出了完全不同的样子。

阅读是为了解释经历，而经历能够让一个人足以体悟他人。有了这种体悟，你才能在生活中更好地与一切相处。你不会粗暴地赞美或者责难，因为你明白，所有事物背后都有一条逻辑链，只是我们常常忽略或看不到。

我们都是有教养的人吧，所以才没在不美好的相遇中，匆匆抽身而退。我叫他“澳大利亚”，因为他像一个百科全书，好像什么都知道；虽不扎堆，却富足优雅，仿佛拥有一个完整的世界。

我们常常聊电影、聊生活、聊工作，他的每句话永远那么搞笑，却能耐心听你说任何事情，然后不紧不慢发表言论。

他从开始就教了我一个词，叫“无欲则刚”。起初我不太明白，后来我懂了：只有对外界毫无索求的人，才能在生活的每一场剧目中，优雅地缓缓出场和落幕。而我们都活得太急躁，什么事都在争取时间，不经意间就提高了语速和步伐，却不知道如何将自己拉回来。

一直被教导着做一个有用的人，去干伟大的事情。可是，何为有用的人，何为伟大的事？有人为了达到自己的目的不惜用各种技巧和方法，去损害别人的利益，甚至尊严。这种人就算腰缠万贯，成为世俗意义上的成功者，你能说他是个有用的人，做了伟大的事吗？

我们都是尘世里的平凡人，平凡到如同一颗沙子，一阵风吹过就能消失不见。阅读不会让你变得伟大，更不会成就你的梦想，它只会让你在平凡里从容不迫，成为一个有教养的人。

在偌大的宇宙空间里，我们本身是没有任何意义的，我们只对彼此有意义。于本身生命而言，最幸福的不是你被多少人熟知和认可，而是你有情趣把细小的日子过到精致。

书里教给我们为人处世的技巧和方法，我们要了解和懂得，但不要让自己成为技巧和方法的载体。所有的方法和技巧，都是为了彼此更好地沟

通和理解，而不是为了达到自己所谓的目的。如果你本身就是在演戏，那演技再好，也不过是戏。人与人之间重要的是坦诚，直接表达，好过一切粉饰过的委婉动听。

我们可以普通，但要像“澳大利亚”一样绅士优雅，把生活过成最美的诗句。

2015 年 5 月 13 日

书于陕西杨凌

雪炘，先天性脑瘫患者。拒绝《感动中国》栏目组邀请，拒绝接受残疾补助。热爱生活，尊重平凡。文章常见于《青年文摘》《思维与智慧》《疯狂阅读》《做人与处世》《课堂内外》《知识窗》等杂志，并入选多部图书。获全国性文学奖数次。

目 录

第一辑 吃苦是成长的必修课

不经一番彻骨寒，怎得梅花扑鼻香。人生路上坎坷重重，吃苦是必有的生存经历。吃过苦，才会懂得生活的意义。

善良比聪明更重要……文小圣(2)
追赶命运的农民……庞启帆(4)
我是消防兵……高小宝(6)
三句话，“爱上”九把刀……张嘉芮(9)
每朵花都有自己的春天……李代金(13)
从普通人做起……李军民(16)
我的哥们是县长……崔咏(19)
老黑与蛇……崔勇(23)
吃苦是成长的必修课……顾晓蕊(26)

第二辑 信手推窗，偏见明月

那些冬天是暖的，因为有个人让自己变得温暖。

走出麻风村的爱之旅……刘艳梅(30)
有缘人常相伴……雪子(32)
满足易，满意难……唐仔(34)
信手推窗，偏见明月……庐江布衣(37)

雪域孤岛的爱情强信号……清翔(40)
有你的冬天很温暖……积雪草(44)
车夫不能上高速……雪炘(47)
用责任守望爱情……一枚芳心(56)
优雅等待花开……顾晓蕊(59)

第三辑　这辆列车不到2046

有些人是可以怀念的，有些人只适合忘记。但有些感情却一直无能为力。曾经那么要好的两个人，最后还是失散了。

这辆列车不到2046……凉月满天(64)
谈一场有祝福的恋爱……积雪草(69)
错过与过错……张文超(72)
错失的钱包……李莉(78)
无词歌……心是莲花开(82)
青梅且待竹马来……风絮(86)
通往城堡的路……简宽(91)
以爱第一的民国“第一公主”……大可(94)
那场旖旎之后的春暖花开……冬凝(98)

第四辑　这场爱情比PORTS还温暖

美丽的爱情让人向往，那些男生温暖的笑脸和细小的爱的举动，都可以让自己幸福半天。有爱情相伴的人，真好！

爱情哭了……冬凝(104)
这场爱情比PORTS还温暖……邹华卫(109)

油腻男与素心女的幸福软着陆……………………………邹华卫(115)
被狼外婆声音剐过的青春…………………………………雨街(121)
爱就是这样一路走过来……………………………………季锦(126)
那时我们都那么年轻………………………………………胡识(129)
茉莉花的温馨……………………………………………后天男孩(131)
我们在西瓜地里不见不散…………………………………阿识学长(134)
爱情,不是同一条河流……………………………………林玉椿(139)

第五辑　假如樱花不曾说话

我们好像在哪见过,你记得吗?回想过去,满是那些青春的影子:十八岁的单车和白色衬衣,还有那些穿着硕大校服坐在秋千上的女孩子……

冬天就这样被你温暖着……………………………………风絮(144)
忽有斯人可想………………………………………………许冬林(146)
流年里的红裙子……………………………………………芳心(149)
我用整个夏天同你告别……………………………………红川(151)
旧爱是一个疼痛的影子…………………………………一帘风絮(155)
假如樱花不曾说话…………………………………………胡识(161)
从潇湘烟雨的梦境中醒来…………………………………朱向青(164)
长廊…………………………………………………………雷碧玉(169)
时光篱蔓爬上青春眉梢……………………………………卜宗晖(171)

第六辑　毕业是成长的开始

我觉得人开始真正意义上的成长,是从毕业开始的。毕业是分水岭,意味着跟过去的自己诀别,迎接自己的,是崭新的一切,更为残酷的未来。人就是这样成长的。

老橡树下……………………………………………………………孙开元(174)
尘埃里的上帝…………………………………………………………李代金(178)
吃掉所有的洋葱…………………………………………………………石岩(182)
受伤的羊皮手套…………………………………………………………凤凰(183)
第一次领奖………………………………………………………………木易(185)
毕业是成长的开始……………………………………………………李军民(187)
把缺点活成美好………………………………………………………王举芳(189)
找个敌人做搭档………………………………………………………十三页(191)

第七辑　别人的恩典,自己的责任

每一次伤害都试着去原谅,每一次帮助,都学会去感恩。生命就是在这样原谅和感恩中变得丰厚起来的。

一份报告带来的转机……………………………………………………顺江(194)
别人的恩典,自己的责任………………………………………………学学(196)
有所长才会被人利用……………………………………………………学学(198)
优势有时会成为负担……………………………………………………宝谷(201)
带刺的长椅………………………………………………………………睿雪(202)
你若盛开,清风自来……………………………………………………曾少令(204)
铁篱笆和藤蔓…………………………………………………………倪西赟(206)
雪花不怕热……………………………………………………………程骏驰(208)
圣无死地,贤无败局……………………………………………………张艳君(209)
我之所爱为我天职……………………………………………………纳兰泽芸(212)

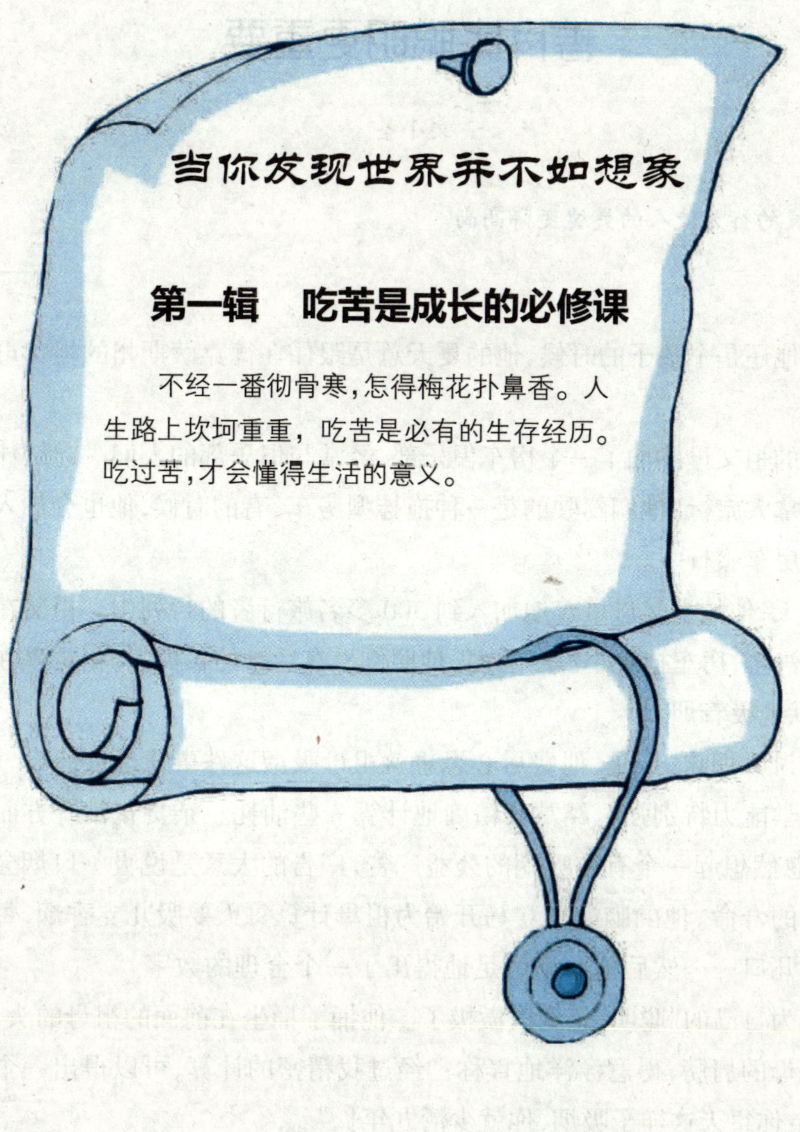

当你发现世界并不如想象

第一辑　吃苦是成长的必修课

不经一番彻骨寒，怎得梅花扑鼻香。人生路上坎坷重重，吃苦是必有的生存经历。吃过苦，才会懂得生活的意义。

善良比聪明更重要

文小圣

善良的行为使人的灵魂变得高尚。

——卢梭

当他还是个孩子的时候，他的夏天总是跟住在德克萨斯州的祖父母一起度过。

他的祖父母参加了一个房车俱乐部，经常与俱乐部的人们一起结伴在美国或加拿大旅行。他们驾驶的是一种拖挂型房车。有的时候，他也会加入到祖父母的房车旅行中。

那天，他的祖父母带着他加入到300多名旅行者的行列中。祖父在前面开着小汽车，房车挂在小汽车后面。他照例坐在后排的长椅上。祖母坐在他前面，默默地吸着烟。

他讨厌烟味。于是，他费尽心思想就祖母吸烟这件事情说点什么。那时，他的数学能力特别强，经常会精确地计算一些油耗、杂货花销等方面的东西。他忽然想起一个有关吸烟的公益广告，广告的大意是说吸一口烟会减少两分钟的寿命。他的脑海里立马开始为祖母计算每天要吸几支香烟，每支香烟要吸几口……然后他心满意足地得出了一个合理的数字。

他为自己的“聪明”感到骄傲极了。他捅了捅坐在前面的祖母的头，又拍了拍祖母的肩膀，得意洋洋地宣称：“经过我精密的计算，可以得出一个准确的结论：你每天这样子吸烟，你就少活九年！”

他抱着双手，满以为祖父母会对他的“聪明”和算术能力给予夸赞和掌声。但出乎意料的是，这一切并没有发生。车内先是一阵沉默，接着，祖母突然放声大哭起来。他坐在座位上，一时不知所措。

刚才还在一直默默开车的祖父，把车停在了路边。祖父下了车，打开他的车门，让他下车。祖父是要批评他吗？是准备大发雷霆了吗？他顿时非常忐忑。他的祖父一直是一个安静又充满智慧的人，从来没有严厉地批评过他。这会是第一次吗？或者，祖父会要求他立刻到车上跟祖母道歉？

他按照祖父的要求下了车，跟祖父走到路旁。祖父注视着他，沉默了良久，然后语重心长地说："孩子，有一天你会明白，善良要比聪明显得更重要。"

时间如流水般逝去，在漫长的岁月中，这个场景和祖父的那番话一直萦绕在他的脑海里。在他成长的过程中，终于慢慢明白了祖父那番话的深刻含义。他为自己当年的言行感到羞愧和懊悔，因为当时他不是因为爱和关心而去劝阻祖母吸烟，不是用亲情去温暖祖母那颗落寞的心，而是为自己的"小聪明"沾沾自喜，用自己的"小聪明"去伤害祖母的心灵。

他就是后来成为了亚马逊总裁的杰夫·贝佐斯(Jeff Bezos)。在普林斯顿大学毕业演讲上，杰夫·贝佐斯回忆起了这段往事，感慨地说："今天我想对你们说的是，天赋和选择不同。聪明是一种天赋，而善良是一种选择。天赋得来很容易，毕竟它们与生俱来。而选择可能更难。如果不小心，你就会被自己的天赋所诱惑，如果真是如此，这往往会影响你做出选择的能力。"

一个人聪明与否，这是上天给予的。可是，决定你人生价值的，不是你的智商，而是你的品质。我们必须明白，善良永远比聪明更重要。

每个人都有自以为是的小聪明，但是如果不正确使用，不仅会陷入误区，还会伤害他人。但是善良的功效却是一定的，它使人温暖，且变的跟你一样的善良！

追赶命运的农民

庞启帆

要自由，才能得幸福；要勇敢，才能有自由。

——修昔底斯

克利夫·扬，一个澳大利亚以种植土豆为生的农民，他在57岁时决定改写自己的命运。那时他在家庭农场里劳作，每天过着辛苦的生活。长跑是克利夫工作之余最喜欢做的事。

他决心以他自己的生活方式来生活，创造一个新的命运。不久，多雨的澳大利亚乡村公路上出现了身穿雨衣和胶靴的克利夫训练的身影。57岁的年龄、简陋的装备、恶劣的训练环境，对他来说都不是问题。他从不理会那些嘲笑他的人和那些试图把他驱离公路的司机。他以每天增加20到30公里的距离不间断地进行训练。

1983年5月，经过4年不间断的训练，克利夫·扬震惊了整个世界。在61岁时，他赢得了悉尼至墨尔本距离875公里的超马拉松冠军。跑完这段距离对任何一个年龄段的人来说都是一个壮举，但61岁的克利夫·扬击败了世界上最好的长跑运动员，绝对令人难以置信！多年来，跑步专家认为，一个运动员一天跑完艰苦的100公里后，晚上就需要一定量的睡眠。然而，在比赛的第一天远远落后于其他运动员的克利夫在凌晨一点就起来，开始他的黑夜穿行。最终，他超越了那些习惯在凌晨5点醒来的领先者。克利夫的策略运用的非常好，他继续每天早上比所有的竞争者早4个小时醒来，然后开始跑起来。由于采用了这个大胆的策略，他第一个越过终点线时震惊了世界。经过5天15小时04分钟，61岁的克利夫·扬成了胜利者。

克利夫获胜的消息迅速传遍了整个澳大利亚。他成了一个生命的传奇，整个国家都迷上了这个创造了一个不可能的奇迹的种土豆的农民。谈及奖金，克利夫幽默地说道："10000 美元，哇，那是很多很多的土豆呢！"接着，他又做了一件令人们惊讶的事：和其他付出了努力的竞争者一起分享了他的奖金。

1984 年到1987 年，在克利夫 62 岁和 65 岁的时候，他再次参加了跨国比赛，继续使用他的凌晨 1 点策略。现在这种在凌晨 1 点醒来的策略，在今天的赛事中已经代替了凌晨 5 点开始的做法。

克利夫·扬打破了一种范式，克服了自我怀疑，并且做到了世界上没有人认为有可能的事情。他以他的激情创造了纪录，革新了长跑运动的经验模式，给后来的运动员带来了灵感，他没有像其他 50 岁、60 岁、70 岁的人被悲观的信念所束缚。

61 岁，克利夫·扬在创造自己命运的同时过上了富足的生活。所以不管你的年龄和身体状况如何，你都可以掌握你的人生，追赶成功。在任何年龄，你都有力量达到成功，只要你愿意去追赶自己的命运。

每个人都完全可以随时焕发生机，只要你愿意出发，并且不去在乎自己的年龄和力量大小。那么，年轻的你，还有什么理由整天埋怨自己时间不够、机会不好呢？奔跑吧，少年！

我是消防兵

高小宝

从工作里爱生命，就是通彻生命最深的秘密。

——纪伯伦

2014 年 1 月 3 日上午 9 时许，武汉市公安消防支队徐东路中队接到一起警情，市内一家餐厅失火，要求紧急出警。险情就是命令，徐东路中队赶紧组织消防队员奔赴事发现场。事发地是一间约 40 平方米的临街小餐馆，滚滚浓烟从厨房涌出，由于对里面情况不熟悉，围观的群众神色戒备，不敢贸然上前。消防兵一到，人们赶紧让出一条道。

他和战友冲入厨房，发现里面共有 8 个液化气罐，其中 3 个阀门正往外喷火，随时都有爆炸的可能。他们用水枪给瓶身降温，迅速浇灭将两个着火罐子搬出，剩下一个罐子由于存气较多，"呼呼呼" 冒着一米多高的火苗，根本无法用水枪短时间灭火。为避免爆炸，只能冒险先搬出去，再降温灭火。紧急关头，他没有多想，弯腰抱起喷火的罐横在身体一侧就往外跑，战友紧随其后用水枪灭火，跑出十几米开外后，他将"火罐"放在一处空地上，然后用湿抹布将其盖灭。虽然整个过程也就 10 多秒，但却惊心动魄，让人心悸不已。

跟往常一样，险情排除后，他和战

友清理完现场就归队了，在他们看来，这不过是一次普通的消防任务，因为他们是消防兵，职责就是保卫人民的生命和财产安全。但是，他身穿消防服，双手抱着一个吐着约一米长火舌的液化气罐，冲出火场奋力飞奔的一幕却被人拍下来，并且发到了微博上。

看到这幅照片的网友们惊呆了，“这是谁？”“为什么要这么做？”“怎么有人这么勇敢”……感动敬佩之余，大家纷纷转发这条微博，数以万计的网友为勇敢点赞，毫不吝啬各种赞誉之词。有网友留言：在别人应该撤离的地方，你们却出现了，在别人走向安全的时候，你们却向死神靠近。你们用自己的行动，诠释了英雄的含义。于是，在不知这名抱着“火罐”的消防兵名字情况下，大家亲切地称他为“抱火哥”。

“抱火哥”的英勇之举令看到这一幕的人无不震撼，随着网友们进一步深挖，他的真实身份渐渐浮出水面。他叫皇甫江武，陕西白水县尧禾镇人，今年26岁，高中毕业后打了一段时间工。2011年，应聘到消防中队，目前是一名合同制消防员。

面对媒体的采访，皇甫江武腼腆地说，1月3日的救火场景，要不是网友提起，他都快忘了。他也坦言，虽然整个经过只有10余秒，自己也没受伤，但事后也有些后怕。“抱起罐子时，火苗掠过我的脸，我当时有过悲观的念头，但害怕只是一晃而过，因为我相信战友们一定会保护我，并肩战斗的战友让我更有勇气抱起液化气罐，如果我有事，战友们会帮助我。在火灾现场，每个战友都表现得很勇敢，我只是他们其中的一员。”

也许他讲的都是心里话，但是真要面对一个喷着火焰的液化气罐，没有足够的勇气，肯定是办不到的，并不是每个人都能像他一样将个人安危置之度外。也难怪，有不少女网友知道事情经过后，大胆地表达了爱慕之情，留言询问:“他有对象没?”是啊,这样有情有义、英勇担当的男人,有什么不能值得信赖呢?

当然,也有网友担心他的安全:“这是唯一的办法吗?就没有更好的办法?这么做实在太危险了。”他解释:“根据我们的经验,像这种情况,短时间内一般不会爆炸。”但是,接下来他说的这番话,却让所有人震惊,再次肃然起敬。他说:其实老实讲,谁也不知道它是否会爆炸,谁都知道,一旦爆炸,我凶多吉少。我没有选择,没有犹豫,没有思考,下意识就将它搬出来,送到空旷地带,让屋里被困人员远离危险。有网友说我是拿命在赌,是的,因为我是消防兵。

有太多太多这样平凡的人,他们平时默默无闻,可是在危险来临的时候,总是第一时间赶到。他们沉默无言,但却是最可爱的人。

三句话，“爱上”九把刀

张嘉芮

生活就像海洋，只有意志坚强的人，才能到达彼岸。

——马在思

据说，当前最“乐活”的活法是：养最蠢的狗，交最贱的朋友，看周星驰的电影，听周杰伦的歌，看九把刀的小说。

我养过狗，朋友无论贵贱都交过，星爷的电影也看过不少，周董的歌虽然听不清他唱的是啥但也听过不少，唯独，九把刀的小说是真的没看过。甚至，连九把刀是哪路神仙我都不知道。

朋友一点我脑门子：“你呀，快 OUT 到火星上去了！”发我一个九把刀在北大的演讲和他几张照片。我一看照片，切，尖头小鼻子小眯眼，跟我身边的“摔锅”比起来，那是芝麻掉到西瓜里，连找他的地儿都没有。

可是在我慢慢了解这个“流里流气”的“阿飞刀”过程中，我听到了他的三句话，我觉得慢慢“爱上”了这个叫作“九把刀”的家伙。

第一句话：

九把刀说：“如果你非常想要成为一个作家，你每天非常认真地写作，但是同学不想看你的作品，没有地方愿意发表你的作品，放在网络上也没有人想看，出版社也没有人想帮你出版，你心里面就要想：我要继续坚持下去，总有一天，掌声会响起来！”

这个“九把刀”，从 1999 年一次偶然的机会把自己写的小说《恐惧炸弹》贴到网络 BBS 上，引来一片叫好声之后，就不断地出版小说，但可惜都卖得很不好。但他一直坚持写到今天，这些年他总共出版了近 60 本小说。

这种坚持，需要多大的毅力？常人难以想象。

第二句话：

九把刀说：“我妈得了白血病，需要很多钱治病，我不需要你预支版税，但从现在开始，只要我每写一本书，你下个月就出版，然后立刻给我一张当天就可以换到现金的支票，这样，就可以帮我渡过难关，救活我妈妈。”

这话是九把刀对出版社说的。2004 年年底时，九把刀的妈妈患了血癌。九把刀哭得很伤心。妈妈的治疗费用极其庞大，九把刀虽然出版了不少小说，但都卖得不好，很快经济上便撑不住了。这时候那家一直为九把刀出版小说的出版社伸出了援手，问他要不要预支一些版税，九把刀就说了上面这些话。出版社答应了，从 2004 年 11 月份起，他一边陪在妈妈病床边，一边用笔记本电脑写小说，玩儿命地写，他知道所写的每个字，所赚的每一分钱，都可以用来救妈妈的命。他每天规定自己必须写 5 千到 8 千字，一个月一本小说，连续写了 14 部小说。

然后他鼓励妈妈要有坚强的信念，好好战胜病魔。妈妈受他的感染，非常认真地配合治疗。他连续写的第 14 本书名叫《妈，亲一下》，就是记录与妈妈共抗病魔的点点滴滴，他让妈妈写了序，签售会的时候还带上妈妈，妈妈因为化疗头发都掉光了，还戴了个假发和他一起高高兴兴地去了。

第三句话：“说出来会被嘲笑的梦想，才有实现的价值，即使跌倒了，姿势也会很豪迈。”

其实每个人的内心都有一个梦想，只是绝大多数人都将自己的梦想深深藏在心里，不敢说出来，更不敢去做。为什么？怕别人嘲笑。

九把刀在 2005 年写过一个名叫《那些年，我们一起追过的女孩》的小说，那是他中学时代的真实故事。九把刀读中学时不仅成绩爆烂还是捣蛋王，老师就派了一个名叫沈佳仪的女生来监督他，沈佳仪学习超好，九把刀上课一不认真沈佳仪就用圆珠笔戳他提醒。慢慢地，九把刀偷偷喜欢上了这个成绩优秀又清秀可人的女同学。为了获得沈佳仪的好感，他非常努力地学习，很快从一个后进生成了优秀生，而且考上了台湾交通大学，出人意料地是沈佳仪竟因发挥失利没考上。此后又过了好多年，沈佳仪嫁作人妇，九把刀的青春爱恋终于告一段落。

九把刀写好小说之后，一直有一个梦想，要将这本小说搬上银幕，而且要自己亲自做导演，因为这个故事是他青春年代难忘的铭记。

从2005年开始，除了给妈妈治病，他就将余下的小说版税存起来，他知道拍电影是需要钱的，需要很多很多钱。

从筹拍这部电影到真正开始，他遭遇了许多嘲笑和质疑的声浪。想想似乎这些嘲笑也有道理：作为一名网络写手，九把刀完全没有拍片经验；因为制作费用实在有限，男女主角请的都是没有拍片经验的年轻人，与“明星”根本不沾边；找摄影师时连续被7位摄影师拒绝接案，最后找到一个没拍过电影的摄影师；整个团队所有人都是菜鸟……

这是一个令人跌破眼镜的组合，要说这样的组合能拍出卖座的电影，说破了大天恐怕也没人信。在电影刚开拍后，最大的投资方因为没有信心而撤资离开。

但九把刀就认准了死理儿：我打算用这些年累积下来的版税去对付这一场冒险，我买过车，买过房，但从今以后我可以说，我买过最贵的东西，是梦想！

然而，更令无数人大跌眼镜的是：由这一群菜鸟鼓捣出来的电影《那些年，我们一起追过的女孩》，在台湾大卖4.1亿新台币，创下台湾电影史上“最快破亿”记录，成为2011年台湾最卖座第2名。在香港，《那些年，我们一起追的女孩》总票房达8千多万，进入香港电影史上华语票房前10名。

《那些年》是一个格局比较小的故事，没有恢宏的场景和壮阔的画面，但却再现了每个人青春萌动的时光，再现了那种既美好又欲说还休的情愫。每个人都曾有过青春，无论记忆里的青春曾经是灰暗的，还是明亮的，但底子都是萌动与羞涩的。

好了，九把刀的三句话说完了，这才想起来说说九把刀是谁？他本名柯景腾，1978 年生于台湾彰化县。

“九把刀是年轻有为一代当中，最具金庸与倪匡实力的作家。”这话是《流星花园》制片人，“偶像剧之母”柴智屏说的。

这样的评价，不算低了吧。

那些被质疑被嘲笑的梦想，才有实现的价值。成功不是为了报复谁，也不是为了嘲笑谁，而是为了证明自己能行。

每朵花都有自己的春天

李代金

自强像荣誉一样，是一个无滩的荒岛。

——拿破仑

他小学时在乡下读书，成绩很优秀，考上了城里的中学。然而，进了新的学校，他发现他并不优秀，他的成绩由原来的前三名滑落到三十几名，这让他非常自卑。同学们穿的衣服都比他要高档得多，吃的也比他要好得多，这让他在同学们面前抬不起头来。

他不跟同学们一起玩，大家也不喜欢与他玩。他不跟同学们交谈，同学们也不喜欢与他交谈。他孤单、寂寞、无奈，他伤心。他从不举手回答问题。老师叫到他，他站起来，埋着头说不知道。老师很生气，却也无可奈何。

不是每一个老师都不关心他，他的班主任就特别注意到他。班主任看到他一天比一天消沉，心里很不是滋味，他知道，他曾是一个自信阳光的男孩。

那是一个下午，班会课，班主任说今天举行一场比赛，书法比赛，优秀的同学，将会得到奖励。班主任此言一出，同学们纷纷响应，一个个拿出笔和本子，准备接受挑战。班主任指定一篇课文，就让大家抄写这篇课文。班主任话音刚落，同学们就翻到了那篇课文动起了笔。

班主任笑了。班主任在教室里走来走去，班主任走到他身边说，写得好，我很喜欢你的字！这句话，让他心里非常舒坦。在这所新的学校，这是他听到的第一句表扬。是的，他的字写得好，在小学的时候，每一位老师都这么说，他自己也这么认为。今天，他会写好字，让所有的同学刮目相看。

以前，他上课不认真，但是这节课，他无比认真，笔下的每一个字都让他无比兴奋，他想他的字肯定是班里最优秀的，也肯定会获奖。

下课的时候，他将本子交给了班主任。然后，他期待着好消息。

第二天一早，班主任就公布了书法比赛的结果，他果然是最优秀的，得了第一名。然后，班主任给他和前几名的同学发了笔记本。他的笔记本与众不同，最高档。

下课的时候，班主任让他到办公室。他有些忐忑不安，不知道班主任叫他干什么。跟在班主任后面进了办公室，班主任指着一张板凳对他说，你坐！看样子，班主任不是批评他，要是批评他，不会叫他坐，只会叫他站。他受宠若惊，坐了下来。

班主任在他对面坐下，问他，你获得书法比赛第一名有什么感受？他笑着说，我高兴！班主任说，仅仅只是高兴吗？他说，还有，我很优秀！班主任笑着说，对，你很优秀！我知道，在此之前，你一直在同学们面前感到自卑，抬不起头来。从现在开始，你能自信了吗？他说，我不知道。班主任说，我知道，你来自农村，家里条件差，穿得不如大家，吃得不如大家，现在的学习也不如大家，心里很难受。

他沉默了，原来这一切，班主任都了如指掌。班主任说，桃花春天开放，荷花夏天开放，菊花秋天开放，梅花冬天开放，每一朵花都有开放的时候，每一朵花开放的时候就是自己的春天。桃花开的时候，别的花不会自卑，它们默默地等待，因为它们知道，它们也会开放，也会灿烂，并不比别的花差劲。其实，每一个孩子，都是一朵花，都是优秀的，都有自己的春天。你说是不是这样？

他想了想，点了点头。

此后，他真的不再自卑，大大方方地与同学们交谈，高高兴兴地与同学们玩耍。因为自信，他的成绩一点点提高。因为自信，他的字越写越好。越来越受老师和同学们的欢迎，所有的人都因为班里有他这样一位同学而感到骄傲。

许多年之后，他成为一名老师，也成了一名书法家。

面对今天的自己，他无比欣慰。他终于明白，每一个人都是一朵花，每一朵花都有自己的春天。所以，每一个人，在任何时候都不必自卑，都要自信阳光地生活。

如果你站在阳光下，你的阴影将留在你身后。自卑是身体的魔咒，想要打破魔咒就要勇敢的走出去，勇敢的面对周遭一切，重新焕发生机。

从普通人做起

李军民

不要光赞美高耸的东西，平原和丘陵也一样不朽。

——菲·贝利

煤矿工人被誉为开采光明的人，多年前我有幸成了其中一员。

16岁初中毕业，考虑到我的学习成绩和家庭经济状况，父母一合计，给我报了矿务局技校，因为上技校既无经济负担，也无竞争之虞，而且三年以后我就可以成为煤矿的正式职工，何乐而不为！

一位与我一起放弃上高中考了技校的同学怕被别人嘲笑，见了同学绕着道躲着走。我设身处地的安慰他，各人的实际情况和志向不同，不一定人人都要上大学，往一条道儿上挤。上大学是实现自身价值的一条重要途径，但不是唯一途径，也不是炫耀的资本，只要通过正当渠道，做一个自食其力的人就是光荣的。并不是安于现状，而是量力而行；并不是没有追求，而是面对现实。为什么非到碰得头破血流、鼻青脸肿才知回头？有舍才有得，往一条路上挤，条件不具备，即使成功了也是侥幸。况且，那些嘲笑我们的同学自己也好不到哪里去，三年以后他们说不准还不如咱们呢！

三年的学习平淡无奇，半年的实习也按部就班，因为就在家门口上学，领略不到外面世界的精彩，与那些在外读书的孩子们相比可能我们缺少了对社会的了解，但是我们借助于企业的精心培养，学到了足以养活自己及家人的一技之长。我入学时说的那句话最终得到了应验，真有同学三年以后没考上大学返回来上了技校，他们入学的时候我们已经参加了工作挣到了工资。

分配到煤矿以后，我和同学们被安排在井下一线。我的胆子比较小，下井

以后跟在师傅后面亦步亦趋，不敢跑远了。黑魆魆的巷道，冷飕飕的凉风，身上穿着宽大的工作服，脚上是笨重的黑胶靴。头上的塑胶帽壳被顶板的木板磕碰得“邦邦”直响。先开始坐“猴车”时怎么也跳不上去，钻液压支架时低不下头弯不下腰，割煤机开动后扬起来的煤尘呛得直咳嗽。老师和师傅们讲过，煤矿事故不可预测，水、火、瓦斯、顶板、运输，各类事故稍不留神就会出现，死亡如影随形。因此，巷道一有气味我就担心有瓦斯涌出，顶板一有煤面子往下漏我就害怕冒顶。一个字“怕”！后来慢慢摸准规律，对规程了解透彻了，各种情况经见得多了，也就不再害怕。

煤矿是一个高危行业，马虎不得，含糊不得，从事井下管理必须有基层工作经验、井下工作阅历。抓基层，打基础，苦练基本功，采、掘、机、运、样样精通，不在那个系统干，不知道工作流程绝对不行。事实就是这样，技校毕业以后大家不仅扎实工作，而且虚心好学，好多人上了各种函授刊授学校，使理论和实践得到有机结合，学的知识能够落了地，变成生产力，绝不是空中楼阁。有些人获得全省、全国科技进步奖，还有的获得政府津贴。大部分技校生从井下一线干起，积累了丰富的管理经验，从队长、区长、科长、副矿长一路升上来，最后成了关键岗位的领导。在工余时间，我对知识的渴求也不曾懈怠，每年读各类书 40 多本，做不少于 10 万字的笔记，从而提升自己的思想修养。因为工作踏实，阅历丰富，我被组织选择从事了煤矿办公室管理工作，后来又做了局里的人力资源管理工作。

社会竞争日趋激烈，找工作成了难上加难的事情，许多大学毕业的矿区子弟回到矿务局安身立命，局里挤出就业岗位安排他们在矿上工作。大部分大学毕业生是好的，但也有一些大学生参加工作后，只想着如何评定职称。

许多人在纠结中慢慢消磨了意志，丧失了信心，荒废了事业。煤矿的领导觉得最好用的一是退伍兵，二是技校生，然后才是大学生。人们开玩笑说：技校生出来当了领导，而大学生出来却当了工人。

实践证明，生存是第一位的，工作可能不是你理想的事业，但掌握一技之长是必需的。爱好是不可缺少的，在你陷入泥沼时它能拯救你，在你身处逆境时它能激励你，在你落寞无助时它能陪伴你。

追求的目标可以远大一些，但现实生活中必须脚踏实地。找一份工作养活自己，有一个爱好丰富人生。条条大路通罗马，做一个普通人未尝不可，从普通人做起，走的也许比别人还要远。

每个人都应当在自己平凡的岗位上努力奋斗。就像平凡的世界里的孙少平。纵使生活中有太多荒芜，可是还依然那么热爱生活。他是那么乐观，心又是那么向往自由。

我的哥们是县长

崔咏

既然期望辉煌伟大的一生，那么就应该从今天起，以毫不动摇的决心和坚定不移的信念，凭自己的智慧创造你的快乐。

——佚名

马小多在上班路上接了一个电话。他的心马上如花儿绽放，就连脚步也多了几分欢快，然后趾高气扬地跨进办公室，用眼的余角扫一下小刘，把手一挥："去，给我倒杯茶来！"

小刘撇了下嘴，把不情愿的表情淹没了。心里却直犯嘀咕，他今天是咋了，从来没有过这样子啊？

茶香袅袅，飘散开来。马小多跷着二郎腿，呷一口茶，嘿嘿笑两声。翻翻报纸，歪着头想半天心事，喜形于色，溢于言表。

马小多，是固东县园林局一名普普通通的员工，眼见四十的人了，还没混个一官半职。整天穿着朴素，走路办事慢条斯理，有人说他是属于磨磨唧唧那一类型的人。在单位几十年了，从没见他给谁起过高腔，红过脸。有一次，单位刚来的一名小伙子曾试探着拿他开涮，当面给他起了个绰号叫"慢半拍"。

马小多两眼露出怒色，脸憋得通红，一副剑拔弩张之势。那小伙子自知理亏，做好了应对狂风骤雨的准备……但是，马小多刹那间竟像泄了气的气球，又恢复了平静，默默地走开了。同事们不由得暗自发出慨叹，真是八棍子打不出屁的人啊！那小伙子打着响指，吹着口哨，扬长而去……

"张局长。"马小多推门进了局长办公室，一改往日的畏畏缩缩。他挺直了腰杆，更多的是自信："你今后有啥棘手的事，也可以给我说，没有我摆不平的事。要是在咱县不好办，我让巨峰县的高人来帮忙解决！"

张局长理理油光的大背头："你发烧了，还是昨晚酒喝高了没醒？"

"看看，你咋一头雾水啊，我咋给你说啊……从哪儿说起啊……"马小多神神道道，有点不知从何说起了。

张局长忙着接一个电话。

马小多退出局长办公室，心情出奇的好，特别特别好，他哼着的小曲，在走廊上回环荡漾。

江主任正在埋头看一份文件，马小多大踏步走进来，拿起桌子上的那包烟，抽了一支，燃着，狠狠地吸了几口，一屁股坐在沙发上，惬意地吐着烟圈。看主任诧异的样子，马小多别提有多得意了。

"我说主任，以后给我安排工作，请悠着点。繁重的、高难度的，在我这里统统绕行，一律免谈！"摇头晃脑的马小多，又是一副咄咄逼人的架势。

主任的脸有了猪肝色，出气也不大匀实："有你这样给我说话的吗，你啥意思啊？"

"我就这样给你说，你要给我记清了，在咱县你要亏待了我，我到巨峰县搬救兵去！”

马小多斜溜主任傻愣愣的神态，心里真过瘾。他暗笑着走出主任办公室。

“呃！是谁帮咱们翻了身呃？是谁帮咱们得解放呃？……”马小多坐在回家的公共汽车上，眯着眼，哼着小曲，右手有节奏地打着拍子。

“哎，你干吗打我？”一名满脸络腮胡子的中年男子，愤怒地瞪着马小多。

“干吗那样凶？我这不是打拍子嘛，又不是故意的！”马小多神气十足。

“吆嘿，打着我你还有理了？”

“我就有理了，咋的，有本事跟我到巨峰县走一遭，找人跟你理论理论！”马小多一字一顿地说。

“啥，在咱县你都输理，还想尿到外县去？我打……”那人一拳打在马小多的肚子上，又一拳打在马小多的右臂上，痛得他哇哇大叫，连声求饶。那人这才骂骂咧咧住了手。马小多情绪蓦然低落很多，有些惴惴不安。

马小多到了家，脚步又变得轻盈了许多。

“老婆，给我冲杯咖啡来！”

妻子从厨房出来，没好气地说：“今个儿长出息了，耍啥威风，没看我正忙着做饭？”

马小多瞪了她一眼：“我叫你冲！”

“趴一边去！”妻子一甩厨房的门，震得山响。马小多的心不由咯噔一下，半天缓不过神儿来。妻子又在喊：“快来洗菜，等一会儿扫地，再把地板拖干净了！”

累得满头大汗的马小多，吃饭时努力对妻子挤出笑脸：“我的铁哥们王真，你是知道的。”马小多搁下筷子又说，“他上任巨峰县政府副县长了，今天早上，他打电话告诉我的，还说我有啥难事他给解决，改日请我吃大餐。你说说，那可是我的铁哥们，我有啥事，他会一马当先帮我办好……”

妻子指着一脸喜气的马小多，怒气冲天：“哎，我说马小多，实际点吧，你要先搞清楚了，也不掂量掂量自己是半斤，还是八两？那是你哥们升官了，你以为你自个儿当县长了？”那高八度的女花腔，震得马小多心房一颤一颤的，甭提有多难受了。

别人就是别人，是跟自己有区别的，那个同穿一条裤子的年月已经过去了。

老黑与蛇

崔勇

没有自尊的人,既近于自卑。

——莎士比亚

老黑是个忠厚老实的男人。他有一个漂亮的老婆,但他的老婆却常常和一些不三不四的男人一块儿鬼混。所以有人美其名曰"破鞋"。

一个夏天的黄昏,老黑吃罢晚饭上夜班去了,"破鞋"一人在家。

一个外地卖鼠药的汉子到了老黑家。那汉子问"破鞋"买鼠药不买,她说不买,汉子转身要走,她却一把拉住了他,搂住了那汉子的脖子就去啃他的嘴巴。那汉子领悟了她的意思,张开双臂抱住了她,她却挣脱了。

"咋了?"汉子问。

"我领你去个保险的地方。"

……

老黑下夜班回到家中,不见老婆踪影。又上哪儿串门去了?老黑觉得很乏,便倒在床上呼呼睡着了。

茂密的庄稼地里,"破鞋"忽然"哎哟"一声惨叫,卖鼠药的汉子吓了一大跳,借着朦胧的月光,他看见一条蛇从破鞋身边哧哧溜溜钻进了庄稼丛中。

"妈呀……""破鞋"哀叫了一声,便软绵绵地歪在了汉子怀里。那汉子知道破鞋中了蛇毒,本想赶快背她走出庄稼地,可又想自己在这里人生地不熟的,怕惹出什么麻烦,还不如远走高飞了事。他丢下"破鞋",跌跌撞撞地钻出庄稼地,匆匆逃窜了。

雄鸡报晓,天渐发亮。老黑起了床,很觉纳闷:老婆昨晚咋一夜都不回家?

老黑正想着心事，早晨到地里做活发现了情况的王老汉闯进了屋中："老黑,你老婆咋会躺在我地里？"

"什么?"老黑一惊,跟着王老汉跑到了地里。只见老婆铁青着脸,睡得沉沉的。他扑过去,一摸老婆浑身冰凉："老婆呀，是谁把你害死在这儿……"老黑涕泪纵横。

王老汉到公安局去报了案，法医检查尸体后，结论是:"死者系中蛇毒身亡，死前曾与一男子发生性行为……"公安人员根据现场线索,及时将那个卖鼠药的汉子捉获,那汉子一五一十讲了他与"破鞋"的事,一旁的老黑一听,顿时气昏了过去……

自埋了"破鞋"那天起,老黑整天骂:"妈个×,烂破鞋,老子当初还不如一刀戳死她。"自己要不是出于仁义之心,念起"破鞋"好赖也算与自己夫妻一场,就不会埋葬破鞋。他真想让她暴尸地头,喂狼算了。

这天夜里,老黑刚入睡,就见"破鞋"跑进屋来,跪在地上,哭着说她对不起老黑。并说让老黑念起曾和她夫妻一场,一定要替她报仇,到那片地里,杀死那条咬死她的蛇……

老黑醒来,看看屋里空荡荡的,窗外有轮圆月,正挂在蓝蓝的天上,散发着白白的光。

那夜,他失眠了。

第二天,老黑早早起了床,背着一张锋利的钢锹走出家门,到"破鞋"死的那片地里转悠。可他转了一整天,也没见到蛇的踪影。后来,老黑一有空,就拿着钢锹到那片地里转悠。人们都说老黑中了邪。

一个暴雨初歇的傍晚,晚霞在天边热烈地燃烧。老黑又拿着钢锹到那片地里转悠。他看见一条蛇正在捕食一只青蛙,他迅速挥起钢锹,那条蛇被一斩两节，他仔细看了看这条蛇，是剧毒的“七寸蛇”。

夜里，老黑刚进梦乡，就见“破鞋”欢笑着跑进屋来。她说自己与老黑不枉夫妻一场，老黑杀死的那条蛇，就是咬死她的那条蛇……

老黑从梦中醒来，怔怔地望了屋外好一会儿，才如释重负地轻轻吁了一口气，翻个身，又睡去了。

那夜，老黑总算睡了个囫囵觉。

不管是心理作祟还是怎样，好歹都过去了，仔细想想，觉得主人公还是挺窝囊的。

吃苦是成长的必修课

顾晓蕊

火以炼金，逆境磨练人。

——辛尼加

读星云大师的《厚道》，我对其中的一句话印象颇深：不经过风霜苦寒，哪里知道温暖的可贵；不能深切认知人生苦短，哪里懂得精进勤学？所以，吃苦就如吃补。有了今日的辛苦播种，他日自然会有苦尽甘来的甜美果实。

苦辣酸甜，皆是人生境味。然而世人多喜欢辣的畅快、酸的回味、甜的甘美，很少有人真正懂得苦的妙处，甚至视吃苦为畏途，避之惟恐不及。

有位同事对我说："过个周末，感觉比上班还累啊。"她的女儿在一所寄宿制重点高中读书，周末背一包脏衣服回来，统统都交给她来洗。

"袜子不及时洗，会臭的吧？"我问。她苦笑道："每周带一打袜子，一天换一双，脏的塞到包里带回来。"

她还说有一次到女儿宿舍，见有位女孩穿着一身名牌，靠坐在床头看书，桌上放着个奶瓶。看到她一脸惊奇，女孩调皮地解释说："用这个喝水方便呗。"同事顿时啼笑皆非。

生活在城市的独生子女，大多是"蜜罐"里泡大，从小就受到家人的迁就和溺爱。在成绩这座大山的重压下，他们只得埋身题海，因此出现"高分低能"

的现象也就不足为怪了。

想起我的一位高中同学，左脸有道丑陋的伤疤，像一条狰狞的蜈蚣，听说是儿时被热水烫伤。他的家庭条件很差，在食堂就餐时，只选最便宜的菜。

这样的出身应当是自卑的吧？可是却偏偏不是，他对任何人都友善，成绩好得让人仰视。学校组织的各项社团活动，他都热心参与，还从生活上关心同学。一颗稚嫩的心要经历多少艰难磨砺，才能如此无惊无惧，如此从容美好。

他后来考上一所很好的大学，毕业后自己创业，如今已是一家企业的老板。一次同学会上，有人问他成功的“秘笈”，他笑着说：“我一直坚信吃苦是福。”

湖南卫视的节目《爱在远山》中，两个孩子在栏目组的安排下，开始了为期七天的角色互换。来自西安的少年高泽冶家境优越，却终日沉迷于虚幻的网络世界；远在贵州山区的男孩罗先旺操持着繁重的农活，然而他善良、好学、上进。

高泽冶到达贵州布衣族山寨后，被乡下生活的艰苦深深触动，特别是看到还不足五岁的妹妹四银要做那么多家务，外表不羁的他沉默了。随后他倾尽所有给四银买衣服，主动给奶奶洗脚……种种表现令人欣喜，流露出少年纯净善良的一面。

面对大都市的繁华，年仅12岁的罗先旺并没有迷失自己，而是保留着真诚质朴的本色。校长想让罗先旺留下来，当作重点学生来培养，令所有人感到意外的是他拒绝了。他认为不能老想着别人的帮助，要靠自己的努力改变命运，将来回乡下当一名老师。

两个来自不同家庭的孩子，在角色互换体验中，对生活多了一份感恩和珍惜。这也让我们领悟到成长是艰辛的，需要经历许多不为人知的挣扎和痛楚，才能完成一次次“美丽的蜕变”。

古人云：咬得菜根，百事可做。年轻人要有不怕吃苦的心态，才能不断地攀登与超越，让成长路上渐次开出美善的花，并最终领略到山高人为峰的壮丽。

有位外国作家也曾说过：你想成为幸福的人吗？但愿你首先学会吃得起苦。吃苦，往简单处说就是“尽量不给他人添麻烦”、“凡事多靠自己的努力”，换言之，吃苦是成长的必修课，而成长是一辈子的事。

不经一番彻骨寒，怎得梅花扑鼻香。人生路上坎坷重重，吃苦是必有的生存经历。吃过苦，才会懂得生活的意义。

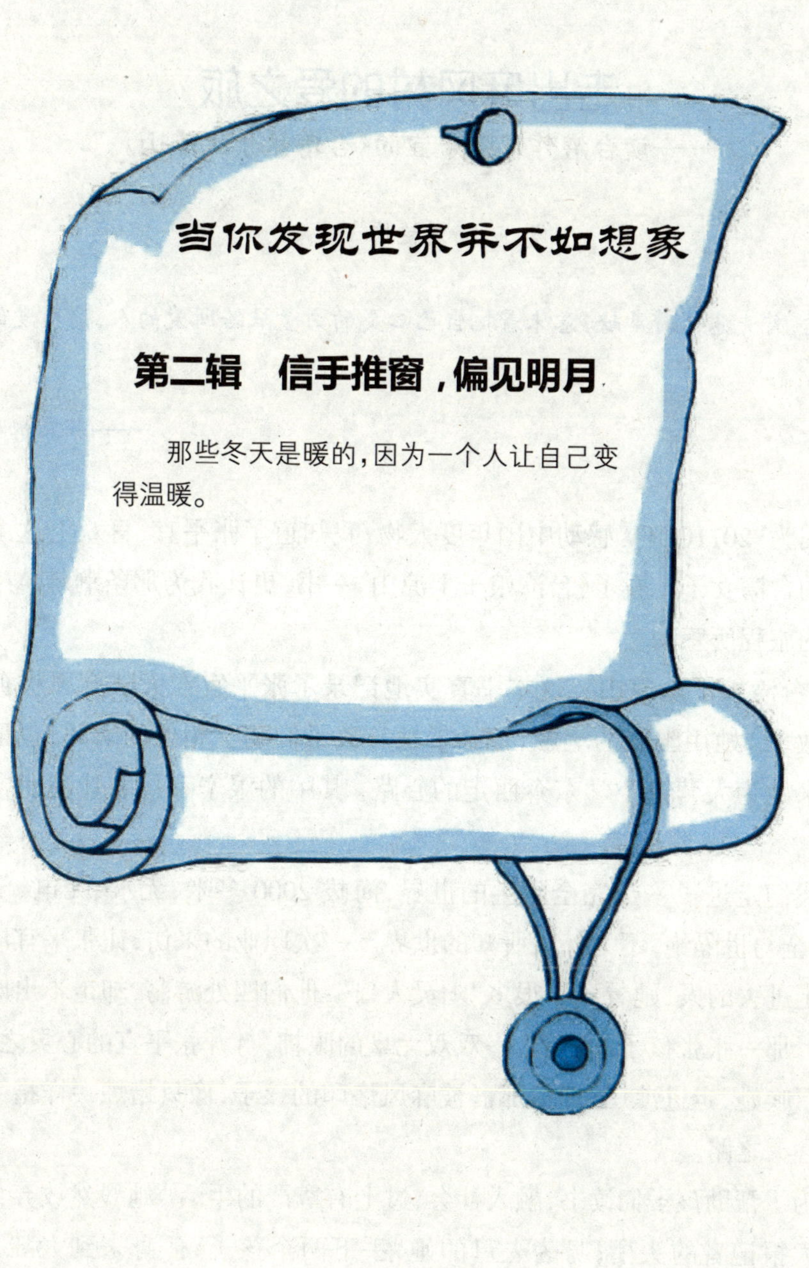

当你发现世界并不如想象

第二辑　信手推窗，偏见明月

那些冬天是暖的，因为一个人让自己变得温暖。

走出麻风村的爱之旅

——读台湾作家张平宜的《台湾娘子上凉山》

刘艳梅

爱,首先意味着奉献,意味着把自己心灵的力量献给所爱的人,为所爱的人创造幸福。

—— 苏霍姆林斯基

因为“2011CCTV 感动中国年度人物”我知道了张平宜,喜欢上这个美丽善良的台湾女子。看了《台湾娘子上凉山》一书,更让我为那条荆棘丛中走出的爱的旅程所感动。

《台湾娘子上凉山》这本书真实地记录了张平宜在大陆麻风村孤军奋战的故事。她用幽默的笔触,记录了她与孩子们朝夕相处的瞬间,也记录了十年来她为大营盘小学东奔西走的心路。其中的艰辛和执着让我时常泪流不止。

我们走进了一个完全陌生的世界,海拔 2000 多米,无水、无电、没有书本、完全与世隔绝,不为外人所知的世界。一次职业的采访,让张平宜成为第一个走进去的人,她看到了很多“幽灵人口”,他们四处游荡,却走不出麻风村半步。那一张张孩子的小脸,一双双无辜的眼神,打开张平宜的心灵之窗,神秘地召唤她,走进凉山,拥抱那群被麻风烙印的孩子,像只蜡烛一样指引孩子们的心灵之路。

为了帮助孩子们读书,融入社会,过上有尊严的生活。她毅然放弃百万年薪和大报记者的头衔;身为人母的她,丢下两个孩子,孤身来到大陆,成为300多个孩子的母亲,走上爱的旅程,却走得如此之难。刚开始,很多人对她的目的抱怀疑态度，怀疑她是台湾特务，行动上受到监控，自己笑称是“麻风特务一号”。为了筹集资金，她曾在圣诞节卖蜡烛；写书、演讲、卖书，用《台湾娘子上凉山》的繁体版版税建造了村里的第一所希望学校。为了建校征地，她和干部吵架；为了争取民办教师，她去和政府闹；为了阻止学生早婚，她跟家长抢孩子；养尊处优的她为大营盘一百多个孩子做午餐……在很多人眼里她就是个“疯婆子”。

作家阎连科说自己读这本书时，热泪盈眶，双手发抖。“我很感慨，看到作者内心的良知，也发觉世上还有崇高可以实现。然而我又很气愤社会的错位，这样艰苦的事为什么不是大陆人在做，不是有钱人在做，不是我们这些粗糙的男人做，而被一个弱女子承担。”

张平宜却没有觉得艰苦，她成为村里最让人信服的管家婆。她处处感受到孩子们的热爱和关怀。常被彝族孩子天真活泼的笑容所感染，看着一批批孩子获得身份，从学校毕业，她觉得欣慰。孩子们可以下凉山了，是对她多年努力最好的回报。

也许有些人说张平宜很傻，可是在很多人眼里她很伟大。用自己的生命做所热爱的事情，做对人类有所帮助的事，在帮助别人的时候，自己也获得更多的快乐！给予爱的同时，得到意外的爱的回报，这就是人生的意义所在。

一个人的境界有多高，爱就有多伟大，给予别人的，是自己最大财富。爱心是颗种子，一路播撒，一路收获。

有缘人常相伴

雪子

缘分就像一场魔法雨，能把最好的和最坏的都给你。

——佚名

每早去小公园，我都会看到一对可敬的老人。她 1.5 米、他 1.8 米。六年前，他突发脑血栓，导致半身不遂。医生曾预言，他很难再站立起来。

她拉着他的右手，使劲地把他从轮椅上拽起，再用手去拉他的右腿，数次后，他才能艰难地挪步。她的左脚尖用力地抵住他的右脚——和左脚成 90 度的右脚。从右脚跟往脚中间用力地划去，她的一只手紧紧地抓着他的右胳膊，并用自己瘦小的身躯抵住他的身体。加以拐杖的支撑，虽是小小的挪步，常人的一分钟的路程，他们要十分钟。但是那特殊的“走路”感动了所有的人。

她是我的好友。母亲九十，不慎踩空楼梯，导致大腿骨折，医生建议保守治疗。看着疼痛不止的母亲，她辞去了工作，请医生为母亲做了手术，手术很成功。她整日陪伴在病房，一口一口给老母喂饭，倒屎倒尿，洗脸擦身。母亲躺在床上时间久了，腰酸背痛，她就轻轻把母亲扶起搂在怀里，直到母亲心疼她让她放下为止。几个月后，看着可以缓慢挪步的母亲，她终于放下一颗悬着的心，母在儿安。

她和丈夫同在一个单位，因为工作上的一次严重分歧，她们结束了 10 多年的婚姻。两个月后他被确诊为肝硬化、肝癌，她跑遍了京城的各大医院为他寻找肝源，但都被告知“肝源短缺，至少要等 3 至 6 个月”。她毅然决定复婚，捐肝救夫。手术成功。他们安静地躺在间隔着 1.5 米的两张病床上，虽然还不能进行言语交流，但爱在彼此的眼波里流淌，感动了所有的人。

人们都说，现在的社会，人情淡漠，亲情冷漠，老人呼唤“精神赡养”，子女倾诉生活压力太大，配偶埋怨对方不善解人意，但是，在这些不如意中，总是有着很多人让我们感动，那矮小的妻子，那孝顺的女儿，那再婚捐肝的妻子，他们用自己的言行，温暖了冬季，温暖了人心，温暖了我们的世界。

漫长的人生之路，不会永远的平坦，有一副亲情拐杖伴你走过坑洼和泥潭，则无怨无悔！

谁能与我同醉，相知年年岁岁，咫尺天涯皆有缘……每次听这首好人一声平安，我都不禁感叹，是啊，有一个人陪你到老，那是多么幸福的一件事啊。

满足易，满意难

唐仔

钱财所带来的好处有多少，贫困所造成的灾难也就有多少。

——[美]乔叟

在我的同龄人中，我不是一个成功的人，但我算是一个能折腾的人。

大学毕业后，我进了家乡的公安机关，当上了一名警察。这是一个辛苦，也令人羡慕的职业。做了四年警察后，我却突然辞职，放弃了公务员职位，进入了一家报社。做了七八年记者，获得了很多奖项，事业蒸蒸日上的时候，我却又不安分了。在向外投了若干份求职简历后，我选择告别家乡，来到了浙江。这一走，又是十多年。

很多人和我调侃说，如果当初你不调离公安，少说现在也是个分局局长了。还有人说，如果你不离开报社，至少混个副总编了。也许吧。但就算这一切都能成为现实，这真的不是我所渴求的。有人问，那你是为了追求文学梦吗？没错，这些年我发表了不少文章，出了近十本书，但若说这就是我孜孜以求的梦想，似乎也高抬了我。我只是不安于现状而已。因为倘只是为了能写写文章，无论是在公安，还是在报社，都有这个条件。新的环境，新的岗位，新的空间，总是像远方的彩虹一样吸引着我。

不但自己折腾，我也鼓励我的家人折腾。妻子在大学毕业十年之后，在我的撺掇下，放弃了工商银行的工作，报考研究生。研究生毕业之后，她进了一家保险公司，很快做到了高管的职位，可是，在我的鼓励下，她又毅然辞去了高管的职位，参加并通过了国家司法考试，在不惑之年，又做了一名专职律师。

而每一次折腾，也都是需要付出代价的。在最后一批福利分房的时刻，我们离开了体制内。在房价飞涨之初，我们因为工作不稳定，收入惨淡，而一无所有。在一个单位和地方刚打好基础，即将获得提升的时候，我们又断然离开了。这些年来，好事总是与我们擦肩而过。

我喜欢雪莱的一句名言：如果你过分珍爱自己的羽毛，不使它受一点损伤，那么你将失去两只翅膀，永远不再能够凌空飞翔。如果我有翅膀的话，我觉得我的翅膀一定伤痕累累，而惟一可堪安慰的是，纵使伤痕累累，依然能够振翅飞翔。

虽然不肯安耽，但我又是一个很容易满足的人。这真是一件矛盾的事情。一篇文章发表，我很满足；有个房子安身立命，我很满足；每年还有闲钱和闲情去周游四方，我很满足；至今还是一个小小的办事员，做着很多人不愿意干的活，我也很满足。我发觉，让自己满足，尤其是在物质方面，其实是件很简单的事情。但若想让自己满意，却非常艰难。对于现状，我从来不满意；对于自己所付出的努力，我一点也不满意；对于依然有点迷茫的未来，我也很不满意。

很多时候，我们只是满足了，而不是满意了。特别是一个人不甘于现状，有所追求的时候。

满足使我们知足常乐，而不满意，则鞭策我们继续前行。

但我羞于用奋斗这个词。我觉得我只是努力过，只是折腾过，只是心有不甘过，只是不愿意就此沉没而已。奋斗是一个很高大上的词汇，很多人远没有达到那个境界。不能因为你吃过一点苦，就叫奋斗了；也不能因为你遭受过挫折和失败的打击，就叫奋斗了；更不能因为你现在小有成就，就可以拿奋斗来为自己的过去镀层金了。

曾经看到一句话，一无所有是一种财富，它让穷人产生改变命运的行动。所言真是精到。物质的穷人，比较容易有所行动，来改变一无所有的贫穷命运；而精神的穷人，往往反不觉其穷，以为自己像拥有的物质一样富有。

当我们满足的时候，回头看一看，你是满足了，还是满意了。唯不满意，才会继续振羽前行。

精神上的满足才是真正的满足，精神上的贫穷，却也是真正的贫穷。

信手推窗,偏见明月

庐江布衣

原谅是容易的,忘却则是困难的。

——普拉顿

1

西湖,是一湾瘦水。白石禅师的草庐,就在湖畔。

春花开谢,秋叶飘红。转眼,他已枯坐修行了三十余载,却不能悟。他的心中悲意渐浓,或许终此一生,他也只能做个凡僧。

一天夜半无眠,他披衣起身。无意中,伸手一推,窗户开了。蓦然间,只见一轮明月,饱满圆润,静静地挂在中天。那月光深情地照着大地,如水一样粼粼闪动。西湖一片波光,远山深沉静美。那满天繁星,深邃地闪烁……

一刹那间,白石禅师领略到了夜的深沉与大美。先是震撼、再是感动;再后,是一种从未有的宁静;最后,他面色祥和,微笑不语。

当一轮红日升起,他嘴角含笑,端坐圆寂。

那一夜,他悟了。

2

那年,是在江南,一个古朴优雅的小镇。她十八岁,一个年轻得让人怦然

心动的岁月。

槐花纷飞如雨。在那落满槐花的山道上，她齐耳的短发，白衬衫清澈如水，牛仔裤湛蓝如梦，衬得她人比花娇。她回头朝他秀美地笑了一下。他们就这样认识了。

人生锦年，相逢未嫁。人生的种种相逢，还有比这更加美好的吗？

以后的几天里，他像个大哥哥似的，带着她去菩提洞，连心崖，独秀峰……走遍了山上每一条石径，看遍了山上的每一处风景。

离别终于还是来了，她很想洒脱地挥挥手，俏皮地说声再会，可是话到嘴边却化作了哭腔。就在转身的刹那，她泪流满面。而他，始终宽厚地笑着。

从此他们海角天涯，天各一方。她常想，离别的时候，只要他稍有表示，她就会毫不犹豫地陪伴他到海枯石烂，地老天荒。

是他不懂她的心思吗？不是的。多情如她，聪慧如他，又怎会不懂呢？

然而，一切都逝去了。逝去了，便无法挽回。

红尘碌碌，人生匆匆。她也终于想通了：对爱，我们不能要求得太多，只要有过那么一段美好的经历，或者仅仅是一个极短的瞬间，就够了。这世上，又有什么能永远地留住呢？只要爱过并且无悔，这就够了。

只是她不知道，到了老时，坐在落叶的窗下，他想的最多的，却是她。想着想着，就无端地落下泪来。

3

这是一所清静寂寞的校园。中文系有位老教授姓方，满头银发，精神矍铄，整天慈眉善目的，一团和气，在学生中声誉很好。

那是一个阳光温暖的午后，几个学生相约去老教授家借书。都是些年轻的孩子，进门不久，就放肆开来。大家一边在书架上翻书，一边彼此打趣，清脆的笑声如春水一样，在书房里荡漾开来。老教授沉静地立在窗前，含笑不语。

忽然，一张发黄的照片蝴蝶一样翻飞着落在了地上。一个女生捡了起来，娇呼着："这是谁呀，真美啊！"由于年代久远，照片早已斑驳脱落，人物的面容已看不清楚。但是，那身段依旧轻盈婀娜，别有一种清新出尘的气质，让人想到盛夏浓荫下的一枝新荷。几个男生闻声，一下子就聚了过来。可是，还没等大家看清楚，老教授就已奔了过来，一把夺过相片。

老教授紧盯着手中的照片，嘴角抽搐了两下，眼圈就红了。紧接着，大颗大颗浑浊的泪水滚滚而下。同学们都惊呆了，不知如何是好！

老教授压抑地抽泣着，满脸深深的悲意。过了半晌，才有两个女生试探着地去劝教授。慢慢的，老教授终于哭出声来。他伏在窗前的桌子，越来越大声，号啕着，像个无辜又无助的孩子。

就在大家面面相觑之时，老教授的夫人走了进来，温和地说："你们回去吧，他哭完就没事了。"阳光斜斜地照进来，映着老教授夫人的脸庞，知性而安详。

走在初秋凉凉的风中，这些学生年轻的心中有了莫名的伤感，仿佛有无名的叹息在天地间回荡。

没想到，第二天中文课，老教授准时来了。依旧是笑眯眯的眉眼，依旧是一团和气。讲课到得意处，老教授坚定地挥舞着手臂，脸上神采飞扬……

学生们坐在台下，想起老教授昨天号啕的样子，恍如隔世。

4

信手推窗，偏见明月。人生的际遇与无常，生命的大美与悲凉，很多时候，不因人情，也不唯事理，而缘于，一刹那间心灵与某种机缘的契合。

生命中的悲欢离合，怎么能说得清呢？正是这无常岁月，才最终成就了生命的大美呢！有些人适合纪念，有些事只适合深藏！

雪域孤岛的爱情强信号

清翔

说到底，爱情就是一个人的自我价值在别人身上的反映。

——爱献生

有些地方，似乎应该是没有爱情信号的，但那信号却偏能“嘶嘶嘶”地冲撞人的心房。

2008年，重庆的她和几位驴友在拉萨玩，驴友们听说她曾去过墨脱之后，顿起念头，让她做向导，一览墨脱这个雪域孤岛的奇异风光。她一听，却把头摇得像拨浪鼓：“这个不在我此次的旅行计划之列；再说，我也没有办理边防证，过不了兵站。”

其实还有一个更重要的原因她没说出来，那就是墨脱太苦。上次的徒步之行，虽说还没到达墨脱，多雄拉山的壮美已让人的心灵受到震撼，在雪线附近的多雄拉山，既有洁白晶莹的雪，还有喷玉跳珠的溪流，就像粉雕玉琢的阆苑仙葩，而墨脱的美景就更不用说了。美虽美，可要命的是那儿奇寒无比，物资极其匮乏。

但驴友们兴致极高地说，既然已到了拉萨，如不去墨脱，就会留下终生遗憾。在驴友们的执意要求下，也只好一起前去。她不能一而再、再而三地拂逆朋友们的意愿了。

她一边和大家一起走着，一边思考着如何过汗密兵站，眼看就要到汗密了，突然看见，在路边有一个宣传牌，一个名字映入她的眼帘：张华林。宣传栏中以热情洋溢的文字，介绍了张华林多年来如何坚守边防，而且不久前他还救下一个不慎跌落山坡受伤的小孩的事迹。

这让她想起来了，一年前她和几位驴友的墨脱之行，汗密站的几位边防兵并不像他们想象中一个个紧绷着一张扑克脸，而是特别活泼热情。就是这个名叫张华林的边防兵，当知道这些驴友是他的老乡时，还一定要请驴友们吃晚饭。

她记得，吃过晚饭后，她和张华林还互留了电话。她当时以为留电话只是出于礼节，这电话或许一辈子就冷清清地躺在本子里了。然而，没想到刚过一年，就要用上这个电话了。她在旅行包中，很快找出了那个记着电话的笔记本。

“没有边防证，那就请从哪儿来回到哪儿去。”电话那端，传来张华林“不近人情”的声音。她有些生气地关了手机，想：“还老乡呢！就这么一件举手之劳的事还要打官腔。”她打定主意，就是打滚撒泼也要过去。

当她惴惴地到了汗密兵站，没想到，战士却格外热情，还没等她开口说话，见到她手中拿的身份证，就问：“你是重庆人？是不是没有边防证？”她点了点头，这时，边防战士乐呵呵地做了一个“请”的手势。

原来，上级有一个不成文的规定，只要带有身份证，是战士认识的熟人，即使没有边防证也是可以放行的。接下来，有更多令她感动的事：有战士抢着为他们背背包，也有战士已为他们煮了暖胃暖身香喷喷的稀饭……

她料想所有这些一定是张华林暗中关照的，是他给这些战士一个个打了电话。这时，她感激地拨通了张华林的号码，问他何以“前倨后恭”？已调到背崩的张华林告诉她，其实他知道她是为了朋友才第二次来到墨脱时，他被深深感动了，电话中“拒绝”，只是要给她一个惊喜。听了张华林的话，倒是她被深深感动了：一个如此看重友情的男孩子！

当天下午，她和朋友们一起来到背崩，见到了张华林。对他的印象已有些模糊的她记起来了：他是一个见到女孩子就脸红的大男孩。这一次，她更是感受到了他的说话稳重，办事踏实，以及一颗赤诚善良的心。

她在这儿已看到了那个跌落于山坡受了伤已被张华林用草药治好的小

男孩。在得知小男孩家住墨脱，张华林还没来得及把小男孩送回家时，她主动提出，顺便把孩子带到墨脱与家人团聚。

为了感谢她，张华林和战士们一起请她和驴友们吃饭。墨脱物资短缺，张华林和战友们翻箱倒柜，把最好的东西拿了出来。“宴会”气氛十分融洽热烈，张华林告诉她，他已经六年没回过家，信虽说常常写，但前一年写的信第二年才能送到。张华林说这话时，心情十分平静，但她听了眼眶不禁红了起来。

回到重庆后，不知为何她总会想起那个一说话就脸红的大男孩。一天，背崩有一位战士给她发来了短消息，说张华林遇到困难了。原来他的父亲不幸病逝，但因大雪封山，他无法回家奔丧，整天愁眉不展。她想，难得张华林有这份孝心，一定要为他做点什么。最后，她冒出一个大胆的想法：代替张华林去他的县城老家为他服丧。她说，作为投缘的老乡，在他遇到困难时，她应该为他做一点力所能及的事。当得知她的这个想法时，被称为“硬汉”的张华林被感动得哭了。

离她从墨脱回到重庆还不到两个月，她竟然又想去墨脱了。她知道自己爱上不善言词，却纯洁的如同墨脱的冰雪的张华林了。她给张华林买了一些日用品和重庆小吃，第三次踏上了前往墨脱的旅途。

多雄拉山的雪还有齐腰那么深，幸亏在路上遇到了在背崩做生意的几位老乡，否则，她不知道怎样穿越过这座山。由于她个子比较小，常常是刚迈出一步，整条腿就陷进雪中，要同行的老乡帮助她拔出来。

当她如同一个雪人般出现在背崩时，张华林竟一时激动得说不出话来。这一次，他们互相表白，确定了恋人关系。

她就是1989年出生于重庆市沙坝区的石霞。在得知宝贝女儿恋爱后，石霞的父母一开始非常高兴，但了解到张华林是个远在墨脱的边防兵，他们立刻表示反对。当后来听到女儿的介绍：他对朋友赤诚，对老人孝顺，热心救助受了伤的小孩等，特别是提到一件事，两位老人终于同意了女儿的选择。

一次，石霞去墨脱看张华林，为了回一个短信，他竟然爬到野外一棵高大的树上。回完短信后，他笑着说，“这棵树就是我们的野外电话亭，因为只有这棵树上的信号特别强。"石霞惊呆了,打电话,发短信,这些在都市里再简单不过的事,对于边防战士们而言,只有爬上树才能完成。她想到,她第二次和朋友们进墨脱时,他给战士们一个个打电话,那是怎样的一副热心快肠!那一刻,她的心彻底被融化了。

2014 年元旦,两人在背崩举行了简单而感人的婚礼。婚后,张华林在服役期满后又主动申请继续服役四年,为了能和心爱的人在一起,石霞辞去了重庆舒适而又多金的工作,在墨脱的多雄拉雪山下开了家客栈,专门接待全国各地的驴友。

石霞说,将来他退伍后,夫妻双双经营这家客栈,也许挣不到很多的钱,但只要够一家人生活,开心就行。

爱情就是随心而动,正如石霞所说:爱情其实很简单,不过是两个身体和两颗心不断靠拢的过程,一旦靠拢了就永远不分离。

爱情不过就是相互吸引之后的不离不弃。我们一路都在寻找,寻找那个可以相互吸引的人,后来就找到了。

有你的冬天很温暖

积雪草

什么是爱情？爱情是大自然的珍宝，是欢乐的宝库，是最大的愉快，是从不使人生厌的祝福。

——查特顿

从江南小镇，一路奔到冰天雪地的北方，怀中始终抱着那两条嘟嘟鱼，她带它们上火车，下火车，从南方到北方。

当她捧着那两条嘟嘟鱼出现在他面前的时候，他惊讶地张大嘴，傻傻地问她："你怎么带它们来？这么低的气温，它们不会活很久。"她一边打量着他的"狗窝"，一边回头对他笑，"让我证明给你看。"

他使劲地搓她冻得发红的手，嗔怪道："连起码的保暖防护都没有，就到处跑，冻掉了耳朵，别哭着喊着找我要。"

是的，这儿真冷，一下火车，冰凉的风立即穿透了她单薄的衣衫，冷得她想哭，冷得她都说不出话来。

他的"狗窝"在城乡结合处，是一间民房，没有暖气，放在厨房里的半碗水，转眼间便结成了冰。尽管知道很冷，但对于她这个生长在江南的人，终究不知道冷是一个什么概念。他给那两条嘟嘟鱼盖上棉被，然后留下一点点缝隙，让它们呼吸，然后给她穿上他的棉袄，让她在家中等他，他去街上给她买羽绒服。

等待的间隙，她的鼻子有些发酸，他一直告诉她，说他过得很好，很好的概念只是为了不让她担心。在这个阳光稀薄的城市里，东欧风格的城市建筑，繁华与美好都与他们无关，他们住在这个据说不久就要拆迁的房子里，规划着自己的未来，茫然不知所措。

穿着他买来的银色的羽绒服，高筒的靴子，戴着长围巾，一下子暖和了很多。他去上班，她清理着他的小屋，把空酒瓶子，扔到装方便面的空箱子里，然后一起扔掉。以前他是不喝酒的，可是现在他在这儿学会了喝酒，有时候也会让她喝两口，据说是为了保暖。然后她又跑了很远的路，买了窗帘和一棵大白菜，她想以后不会再让他吃方便面了。

做好这些，她四处打量着，这个"狗窝"多少有了一些家的味道，家的氛围。

然后就开始到处找工作，她不能总让他养着，他们要积攒下一些钱，买房子，然后结婚，在异乡开花散叶生根。

以为口袋里的文凭，还有工作经验，想找一份工作还是比较有把握的，谁知道把问题想得太简单了，很多单位都以她不是本地人，家不在这里，存在不稳定因素等理由而拒绝她。

那一段日子，真的很灰心，两个人在一起，光有爱情是不够的，还要有面包，还要有利于爱情生长的养分。

每天出去找工作，拖着走了一天的双腿，带着毫无结果的疲惫回到家里，和他拱到一起，看小小的嘟嘟鱼在鱼缸里打架。它们打架的方式很特别，当它们两个相遇时，双方会习惯性地伸出长嘴唇，用力地"吻"在一起，长时间不分开。不过这不是爱的表示，而是保卫各自的地盘不受侵犯，直到一方退出，才会宣告"接吻"结束，战斗结束。

每次欣赏完嘟嘟鱼的表演，他都会坏笑着说我们也学它们打架吧！她转身逃命，但那么小的一间房子，无处可逃，轻易地就被他捉到。

这两条嘟嘟鱼给他们异乡单调寂寞失意的生活带来了很大的乐趣，每天晚饭后，他们都会把鱼缸从被窝里抱出来看一会儿，这两条热带鱼，跟着他们受了很多苦，它们需要阳光和温度，却天天躲在被窝里取暖。

这样的日子不知过了多久，直到有一天，他生病不肯去医院，她知道他是担心钱不够用，除了要负担房租，还要负担她的生活，她心中很难过，觉得自己像一个包袱，让他背负得很艰难。夜里，他发烧烧得很厉害，她跑出去给他买药，走在黑漆漆的街上有点胆战心惊，街上很少人，药房也很少开门，一家家地去敲门，很多人不肯开，央求人家等着救命，说尽好话，买了一把退烧的药，兴匆匆地赶回家。他看到她，很生气，骂："这个地方治安不好，夜里很少有人出门，出了事儿，我怎么办？"

她被他骂得哭了，他伸手揽住她，有气无力地说："我只剩下你，你不能有事儿。"

她哭得愈加厉害，那种相依为命，相濡以沫的感觉，令她钝疼，一点、一点渗进皮肉之中，尖锐而温暖。也是那一夜，她下决心去那家地板厂上班，做着一份保管员的差事，尽管辛苦，但有了薪水，会让日子好过一点。

她是背着他去那个地板厂做事儿的，因为他不同意她去那里，工作环境不好而且又辛苦，因为这件事情，他们已经争执了好几回。

后来还是被他知道了，他很内疚，说不能给你好日子过，所以他要换工作。她不同意，结果又吵，就像那两条接吻鱼，不断地吵架，不断地和好。

那个漫长的冬天终于还是过去了，她知道，生活总会好起来的。

那些冬天是暖的，因为一个人让自己变得温暖。

车夫不能上高速

雪炘

全部依靠自己、自身拥有一切的人，不可能不幸福。

——西塞罗

1

刘墨是我搬到西安后，认识的第一个朋友。

初闯社会，生活一时没着落，朋友介绍认识他。他开了一家不大不小的饭店，听说还写网络小说，一见面，果真长了一张文艺青年的大厨脸。

他的店和我住的地方离得不远。

他说，工作可以慢慢找，人总要吃饭的。于是，伙食被他全包了。如果我一顿饭没去，他必定打电话来催，甚至自己打包送来。起初不好意思，可没过几天，就被他的热情和真诚打动，和他熟络起来。

我常打趣说："你是个好孩子。"

他立马阻止说："千万别，我最害怕有人说我好，因为接下来一定是，你会找到更好的。"

我哈哈大笑。

有一天，他突然问我，你知道谢欣吗？

我一时间头脑打结,想了半天才说:“记得有个高中同学叫谢欣。”

他说:“就是她。”

他和我们不是同级,又不在同一学校,我便有些好奇,问:“你怎么会认识她?”

他说:“你们高中毕业那年,我已经考到了二级厨师,在新城一家饭店的后房当厨,她暑假来做服务员,我们就认识了。”

他顿了顿,又问:“你现在和她有联系吗?”

我一边扒饭,一边说:“基本没有,只听说她要结婚了。”

“哦。”

他像瞬间不慎跌入悬崖一样,声音沉寂而又落寞。

我抬起头,问他怎么了?

他默默掏出一支烟,摸出打火机,凑到嘴边,又顿下来,看看我,说:“闻烟味对身体伤害更大,我出去抽。”

2

没过多久,我就在附近的郊区碰到了谢欣。她未婚夫叫郝勇,父亲开了家工厂,他是唯一接班人。

两人在西安新开发的市区里,买了房子,准备结婚。

回来刘墨问我:“她未婚夫是不是个子不高,而且很胖?”

我说:“你怎么知道?”

他一脸自嘲,笑着说:“有钱人的象征啊,符合她的要求。”

从此,我们谁也没再提过这茬,只是我莫名其妙地就和谢欣联系多了。我们的关系还跟上学那会儿一样,能看到对方的一切,却不深入彼此的内心。

刘墨问我:“中秋怎么过?”

我说:“写稿子啊。”

他说:“我知道有一家火锅店特别好,老板我认识,晚上收工带你去。”

晚上他一打电话，我就匆匆下楼，还没走出巷子，就碰到了谢欣。

她问我们去哪儿，我说去吃火锅，她问能不能带上她。我看到刘墨脸上的肌肉在抽动，却始终不说话，也不看她。

我假装自在地说："好啊，他请我，我请你。"

一进火锅店，刘墨先叫了二锅头。谢欣急忙说："刘墨你不能喝酒！"

他扭头不看她。月亮明朗地挂在树梢，仿佛随时都会掉下来摔碎。

这顿饭吃得十分煎熬，我努力找话题，刘墨使劲给我夹菜，谢欣却一口没吃。一直到凌晨，刘墨喝醉，我也吃吐了。不知道他住哪儿，索性扶回我家。

他贴在地板上，我俩坐在床上，谢欣哭得一塌糊涂。原来郝勇性情随父，在外风流，有劈腿的迹象。

我说："他现在就乱搞，结婚还得了？"

刘墨在梦里猛然吼了一嗓子："谁敢给你乱搞，先从我身上踏过去！"

3

刘墨后来告诉我，他和谢欣有过一段。那时候他还很穷，给不起她想要的，也就不敢有太多的表示。

在他心里，只有能给她富足的生活，或许才配得上那个爱字。

他连她的手都没碰过，不是不想，而是觉得不能。一天晚上她瞒着家人，去了他住的地方，他竟然跑去厕所，蹲了整整一夜。

她很生气，回去后就不再理他，他也不知道该怎么哄她。

他们分手了，他没日没夜地喝酒，到处耍酒疯，连领导都躲着他。后来喝进了医院，出院时，被告知不能再喝酒。

已经四年多没联系了，他还是喜欢她，心中总存在着一丝侥幸。知道她要结婚的时候，他的梦彻底碎了，剩下的只有祝福的权利。只是他没想到，她还会出现在他面前，却因为另一个男人而哭泣。

谢欣大学没毕业就跟了郝勇，毕业也没找工作，直接进他家工厂做了少奶奶。现在发生这种事，她也不愿意回去，刘墨就留她在饭店帮忙。

两人的关系，从尴尬到一起打闹，刘墨的脸上开出了花。

有次我去吃饭，碰到郝勇进来，问我谢欣是不是在这里。我支支吾吾半天，跑到卫生间，给刘墨打电话。

我出来，刘墨已经站在大厅，两人四目相对。

郝勇说："你就是老板？我老婆呢？"

刘墨没说话。

郝勇说："你这里明着开饭店，暗地拐卖妇女儿童啊。"

刘墨不吭声。

郝勇说："快把我老婆交出来，不然你这饭店得关门……"

刘墨一拳打上去，说："你老婆没了，你来问我要，你要像个男人，她能跑吗？"

郝勇看不是他的对手，连滚带爬往后退，最后留了句"你给老子等着"！

我担心地看着刘墨。

刘墨低下头，说："我不怕他再来找我，也不是要什么结果，我就是不愿看到谢欣受委屈！

4

我永远记得那个深秋的中午，我们正在吃饭，郝勇带着人来闹事。刘墨到大厅阻止，郝勇说，有本事我们出去单独谈。

我们都劝刘墨不要去，他是有备而来的，这一去肯定凶多吉少。

刘墨在我耳边说，不要紧，别忘了 110 是干嘛的。

他直径上了郝勇的车，我和谢欣拦了辆出租车，一路狂追。只见他们的车拐出三爻，沿着长安南路直奔向北，而后又疾驰于南三环，最后直接上了绕城高速。

谢欣惊呼，这狗逼要干嘛?!

司机问，上不上?

谢欣说，上！当然要上！

司机说，那得加钱，我只在城里拉人。

谢欣一跃而起，不是还没出城吗?

司机一脸严正，说，你怎么保证他不会出城呢?

眼看郝勇的车就要消失在视野中了，谢欣只好愤愤地说，我按计程器上双倍给你！

司机这才奋起直追。

客车道上，他们的车如箭穿梭，司机也只得加速前进。

限速 80，司机的速度表指针始终在 75 浮动。谢欣盯着前面，不住地跟司机说：大哥，麻烦你开快点。

大哥，你再快点啊。

大哥，再不快点就得出人命了。

大哥……

"再快就真的出人命了！"

司机将车转入休息车道，果断停了下来。

司机说，我不去了，你们要去就重新打车，我不冒这样的险。

谢欣急忙说，这里怎么打车啊？你行行好，我们加钱还不行吗？

司机说，这是要命的差事，给多少钱都不能干啊；现在这样，要么你们结账下车，要么我把你们拉回去再结账。

相持不下，经过多方面考虑，我们只好下高速回去。

在刘墨的店里，谢欣一直给他俩打电话，从不接打到关机。她差点急哭了，一遍又一遍问我，你说不会有事吧？我安慰她说，不会的。

黄昏时分，刘墨鼻青脸肿，跌跌撞撞走进来，我们急忙上前去扶。店里乱成一团，有的拿热水帮他敷，有的去炖补汤，有的打电话叫救护车，只有谢欣抱着他哭。

5

刘墨在床上躺了个把月，谢欣一直照顾他，郝勇没再出现。他始终不肯说那天到底发生了什么，我们也不好再问，事情就那么不了了之。

或许我们都不约而同地明白，生活从来不需要了解过去，在那么长的岁月里，我们只在乎身边是不是自己最爱的人。

我们都在默默祝福他们，希望有一天，可以看到满园春光。

就在这时，郝勇再次闯了进来，手捧鲜红色的玫瑰，跪在谢欣面前，说知道错了，他不能没有她。

谢欣虽没说话，却从此和刘墨尴尬起来，让他对她不要那么好。甚至找借口，说要回去看妈妈，离开了西安。

最终，她还是回到郝勇身边，邀请我去参加婚礼。

她跟我说："这个世界很真实，就像我们那天上高速，司机马上要加钱。"

我点点头，说："我明白。"

我始终没提，刘墨还是知道了，可他很平静，和我们一起帮谢欣准备结婚的东西。他忙前忙后，十分活跃，让人误以为他就是新郎。

婚礼当天，他身着黑色西服，领带扎得整整齐齐。谢欣披上嫁衣，坐在床上，我们一帮女孩子顶着门要红包。从 101 到 1001，再到 10001，郝勇只得一一答应。还有人继续涨价，郝勇说："好姐姐们，我没带那么多钱啊，你先让我把新娘接回家，我回头打到你们卡上还不行吗？"

屋内一片哗然，七嘴八舌喊着："我们不要空头支票……"

一直看我们闹，却始终沉默的刘墨，终于开口，说："没带钱不要紧，心总带了吧？你能把一颗心，完完整整给新娘，我就让你把她带走。"

从认识的那一刻，我就把整个心给你，让你紧紧握着。我以为，没有比我更爱你的人了；就算真有那么一天，那一定是我死了。而我不能死得太早，因为我总担心，没有人会像我对你那么细致入微。

我多想把你紧拥怀中，又怕抱得太紧，让你喘不过气。

你是最特别的乘客，我只是个车夫。我跟着你的意志，调整自己的方向，哪怕已经走出我的城。你在中途毅然转车，豪华轿车在等你，就此上高速。我知道自己不可能再追上你，所以在你上车之前，我努力再送你一程，因为恐怕此生都不会有这样的机会了。

你有权利选择幸福的方式，我还得小跑求生，只想在最后说一句：祝你幸福！

6

忙了一阵子,我搬家,刘墨电话打不通。春节后上网,他发消息说:“我也不在西安了。”

我说:“那你在哪儿?西安的饭店呢?”

他说:“我现在在新疆,开了个小饭馆。”

我打趣说:“怎么去新疆了,泡妞啊?”

他说:“是泡到妞才来的。”

我自是认为他在开玩笑,也就没多问,直到几个月后,猛然看到他空间更新了相册,名为“我的胖妞”。打开来看,里面全是同一个姑娘,当然也有他。他依旧文质彬彬、沉默,姑娘肉嘟嘟的,在他身边笑靥如花。

我突然想起谢欣,进她空间得知,她怀孕了。但个性签名却是,在一个女人最需要的时候,你没有出现,那你就再也没有出现的必要了。

之后,不断看到,她对现在生活的不满。

其实她说得对,这个世界很真实,就像我们那天上高速,司机马上要加钱。可她却忘记了后面的,比金钱更真实的是生命,所以无论你有多少钱,都无法到达目的地。

后来跟刘墨聊起胖妞,他很是悠然自得,跟我说:“她回眸的微笑,那么美,那么纯,让人觉得,谁这辈子若辜负了她,一定会遭天谴的。”

我不由得展开笑容。

胖妞是个实习生,性格开朗,经常叫我去新疆玩。有一天,我忍不住问她:“刘墨最打动你的地方是什么?”

她想了一下,说:“他让我很安心。在我任性时,他说不需要我体谅他,他会陪我长大;在我们吵架时,他紧紧抱着我说,不会离开我。”

我们真的会找到更好的,不是更好的人,而是更好的方式爱别人。曾经用生命爱过的人,在将心抽离之后,反倒更加明朗和勇敢。从而,对生活的态度开始变得朴素。再面对爱情时,却更懂得欣赏、体谅和包容,并愿意一起成长。

世界上没有完全对的那个人，只有在珍惜中，将爱磨成习惯，连争吵都变得甜蜜的两个人。女人最怕的，不是你现在一无所有，而是始终看不到你的方向和决心。

刘墨都明白了。

也许会有人跟你说：我不想跑了，你就是我的终点。

有些人走着走着就停下了，有些是因为累了，可是大部分，是因为遇到了那个可以让你依靠的人，你找到那个人了吗？

用责任守望爱情

一枚芳心

人生须知负责任的苦处,才能知道尽责任的乐趣。

——梁启超

山村的早晨清新怡人,空气里飘荡着丝丝芬芳。缕缕炊烟穿过树梢,向天空飘去。宁静的农家小院,他搀扶着她在院子里练习走路。她头上戴着帽子,表情木然,走上几圈后,他就让她坐在凳子上休息一会儿。他蹲在她面前,按摩她的手指和胳膊。她突然把胳膊从他手里挣脱出去,孩子似的捽打着他。他忙说:“乖,是我不好,弄疼你了吧,下次按摩的时候我会轻轻的,好不好?来,我们再走几圈,走完了我给你去买爆米花吃好不好?”她笑了,像一个天真的孩子。

他今年24岁,是个帅气英俊的男孩。她是他的未婚妻,比他小一岁,生活不能自理,智力在两三岁水平。原本他们是一对幸福的恋人,一场飞来横祸,改变了一切。

去年秋天的一个晚上,他和她看完电影沿着公路回家,他走在她的左边保护着她,两人说着刚才的电影,不时笑着,幸福而甜蜜。马上就要到家了,他和她相视而笑。突然,她被后面飞速驶来的一辆摩托车撞了出去,头部着地,鼻口满是血,当场失去了意识。他急坏了,抱起她边跑边拦车,很快,一辆车停了下来,把他们送到了医院。

经医生检查发现,她的颅内大面积出血,血块压迫神经,必须立即做开颅手术。几天里经过两次大的开颅手术后,她终于醒了过来。望着醒来的她,他握紧她的手，呼唤着她的名字，她却面无表情，不认识他了，连她自己的母亲和家人都不认识了。医生说她已没有了认知能力。

她的智力水平变得非常低下，吃饭喝水无节制，大小便失禁，生活完全不能自理。看着她变成现在的样子，他的心十分疼痛。

她一刻也离不开别人的照顾，她的母亲个头矮小，一个人根本照顾不了她。医生说不能让她跌倒，一旦跌倒，以前的治疗都白费了。听了医生的话，他毫不犹豫地说："我留下来照顾她，保准不让她跌倒。"

每天早上，他帮她穿衣服、洗脸、刷牙，然后扶着她出去遛弯，回来喂她吃饭，然后再帮她按摩，陪她聊天。说什么他都得思量着，因为医生说不能让她伤心，更不能刺激她，那样不利于她的恢复。他就像哄小孩一样，时时刻刻哄着她。

他的母亲打电话让他回家，因为是家里的独子，他担心家里有什么事，匆忙赶了回去。原来母亲给他安排了一次相亲。母亲说："你不能再去照顾她了，你也不小了，我们也老了，你还是再找个健康的姑娘早点结婚吧。"

他说："那怎么行，她现在正是需要人照顾的时候，我不能扔下她不管。"

母亲说："你结了婚一样能照顾她，可以像妹妹一样照顾她。"他说她是和我在一起时出的车祸，我要对她负责任。

他不顾父母的反对，毅然回到了她的身边。

日复一日，她的病情并无大的进展。无眠的黑夜里，想起年迈的父母无人照顾，想起同龄人结婚后都过得那么幸福，想想自己的付出不知道何时才有回报，他觉得命运与他，是那么冷酷。放弃的念头在他脑海里闪啊闪。

看着睡梦中的她孩子似的笑着，那么单纯。他轻轻地握住她的手，告诉自己：既然走到一起，不管发生什么事，都应该一起坚持走下去。他知道她需要他，他相信她有一天会好起来。他觉得她像一朵暂时睡意浓重的花，总有一天会醒来。

邻居对他说："你们才相识一个月她就出了车祸，你这么照顾她，还把她照顾得这么好，真不容易。”

他眼圈红了：“如果我不管她了，她这辈子可能就完了，我希望她好起来，也相信她一定能好起来。”

上天不负有情人。她的病情慢慢出现了好转，能下床了，在搀扶下能走路了，有时候，嘴里还能蹦出几个词，并能听懂他说的话了，他高兴极了，他觉得黑夜也变得温暖了。

医生说她什么时候能好起来还不确定，就算康复了也会留下后遗症。他说不管将来怎样，他都会好好继续守在她身边。

他对她说：“你快点好起来吧，你好的那天，我们就去领结婚证，娶你做我的新娘子，一辈子也不分开，好不好？”

她点了点头，笑了。

有人问他这样的日子苦不苦，他一脸阳光地说：“说不苦是假的，但甜蜜更多，就像等待一朵花醒来，心里是满满的希望。如果你带着责任心去爱一个人，做什么都不会觉得苦。”

不苦是假的，可是更多的却是甜蜜，等待一个人是甜蜜的，爱一个人也是，被爱也同样如此。

优雅等待花开

顾晓蕊

耐得住寂寞，才能守得繁华。

——佚名

1

初秋，风动桂花香。他循着香气向前走去，看到一排排的桂花树，以及站在花树下的她。她穿着一袭淡碧色的长裙，袅袅婷婷，捧着英语书在诵读。闻着沁人心脾的花香，听着清脆悦耳的读书声，让他有些失神般陶醉了。

自那以后，在校园里，在食堂里，他的目光有意无意地追逐着那个倩影。她素净的脸上，挂着淡淡的笑，凌波微步般一闪而过。令他没有想到的是，高二分文理班时，她成了他的同桌。

她落落大方地跟他打招呼："嗨，你好，我是芦小诗。"他难掩喜悦地笑应道："我的名字叫张树，很高兴能够和你同班。"有时遇到不会的题，她一遍又一遍耐心地给他讲解。晚饭后，她喜欢吃苹果。削去薄薄的果皮后，她将苹果切成两半，把其中一半递给同桌的他。

他接过来，一小口一小口慢慢地吃。那一份甜融进嘴里，化进心里，悄然升起一种淡淡的情愫。没想到一件小事，打破了这份平静。

那天下楼梯时，他不小心扭伤了脚，她看见后，冲上前搀住了他。这看似亲昵的一幕，偏巧被年级长撞到，因此俩人被"请"进教导处。班主任闻讯赶到

后，说："这件事交给我来处理吧。"

他们低着头，默默跟在老师身后向教室走去。老师忽然站住，指着一些嫩绿的枝条说："你们看，上面长花苞了，等待花开的日子是美好的。"顿了顿她又说："我相信你们，回去好好复习功课吧。"

原以为老师的脸会晴转阴，甚至大发其火，没想到会把他们当作受惊的小燕子，轻声细语地给予安抚。他们满怀感激，主动跟老师挥手道别，若有所思地回到教室。

2

第二年的夏天，她考取了省内的一所中医学院，而他跟随家人去了加拿大。到了国外以后，考虑到语言交流的障碍，他被母亲安排到一家语言学校就读。

这一年多来，他无心领略当地迷人的异域风光，脑海中时常浮现出她甜美的笑容。

他通过同学联系上她，经常跟她通越洋电话、发短信。他的爱如一缕春风，在她的心湖中泛起层层涟漪。随着时光流逝，思念更浓，他们的感情不断加温。

他要回国，去找朝思暮想的她，这个想法刚一提出，就遭到了母亲的反对。他心意已定，暗暗从生活费中省出钱，买了一张回国的机票。下了飞机后，他身上的钱已所剩无几，只好跟同学借了些钱，坐火车驶向她所在的城市。

从电话里得知，他只身回到国内，这个消息让她又欢喜又吃惊。她赶到火车站迎接，当看到他一路风尘仆仆，身形削瘦，眼里盛满疲惫时，她的眼泪肆无忌惮地滑落下来。

为了能经常看到她，他在小城的一家酒吧里打工，在她的劝说下，他边打工边补习功课。又是一年盛夏时节，他考到同省的另一所大学，就读煤炭工程专业。

读大学期间,每逢周末,他乘火车来看她。两人沿着河畔散步,她走累了,他会背起她跑上一段路。偶尔她会给他讲起中医,桔梗、白薇、锦灯笼、相思子……她说,这些好听的草药名,给人妥贴安稳的感觉。

她乌黑深邃的眼眸里,尽是似水柔情,让他甘愿沉溺其间。这个素心如简的女孩,浑身透出一种难以言说的气质。他多想和她在一起,看花开花落,任韶光流转。就这样携手相牵,岁岁年年。

3

他毕业后,在一所煤矿上工作,成为一名煤矿技术员。由于工作的缘故,他经常深入到矿井一线,经过一天的忙碌后,累得骨头都快要散架了。

大洋彼岸的母亲知道后,几次打电话催他返回加拿大。这次,母亲的态度已有所缓和,同意让他带着女友一起出国。母亲还发来了几张照片,花园式洋房,清幽秀丽的环境。自家院内的大树上,还跳跃着几只小松鼠。

他找到正在读研究生的她,转告了母亲的想法。她神情沉静,眉梢间却透着坚毅,“我的根在这里,何况读的是中医专业,应当留在国内。”他将她的手合在掌心,说:“这也是我们俩的选择,我这就告诉母亲,要永远陪在你的身边。”

她轻叹道:“你的工作太辛苦,有时还很危险。”“放心吧。我会好好工作,用行动证明给你看的。”他的坚定、勇敢、无畏,让她心中一暖,感动地扑进他宽阔的怀里。

又过了几年,他经过不断的努力进取,赢得领导的赏识和器重。他被调到煤炭工业设计院,凭着果敢严谨的作风,把工作干得风声水起。这时她那边也传来好消息,考取了北京中医药大学博士。

他跟她商定,趁着放暑假,给这长达八年的爱情长跑,划上一个完美的句号。

她穿上洁白的婚纱，款款地向他走来时，宛若一朵盛开的白莲花。证婚人是他们的班主任老师，在婚礼上她拉着他们的手，笑盈盈地说："祝福你们！我无意中竟做了一回红娘。"

他们莞然一笑，心里幸福流溢。爱情是尘世间最美的花朵，在这近三千个日夜里，他们用一种优雅的姿态，静静地守候花开。最终，他们等到了圆满和相守，演绎着属于自己的浪漫传奇。

守得住寂寞，才能争得繁华。每一段漫长的等待都是值得的，因为等待本身就是幸福的。

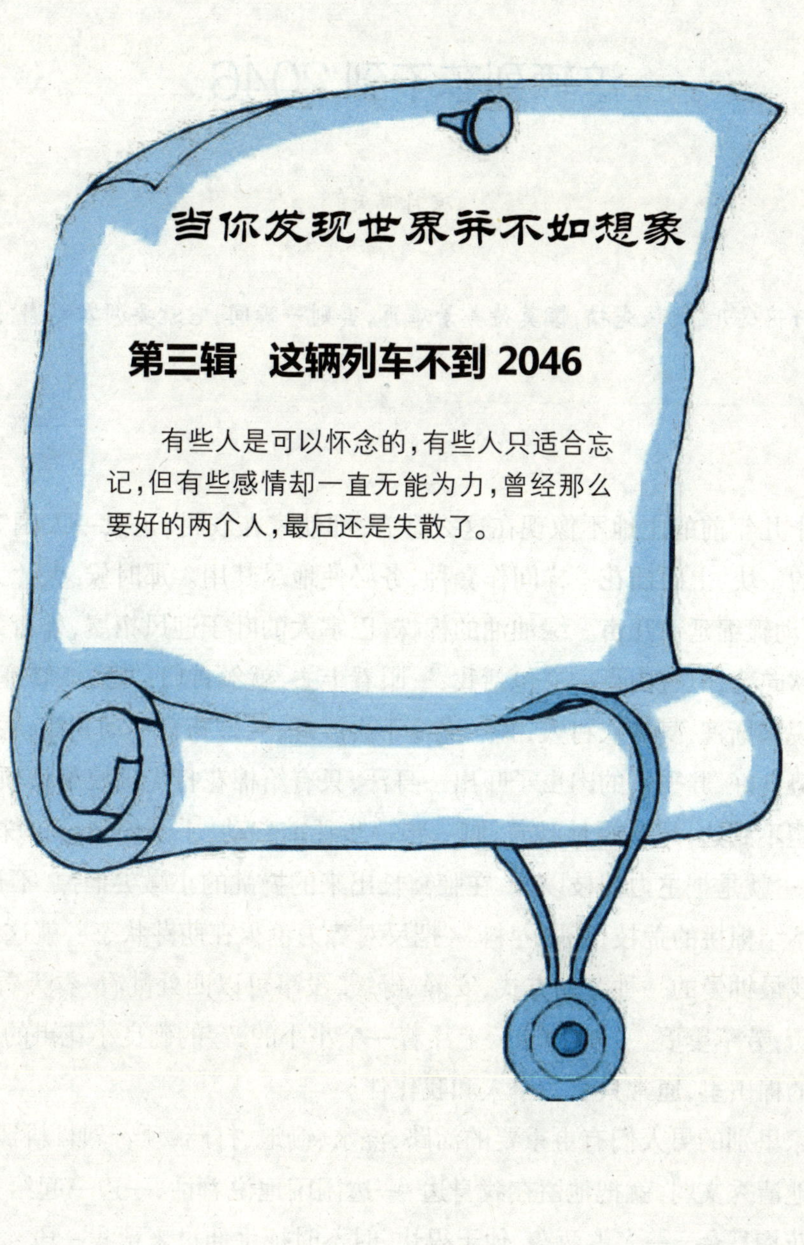

当你发现世界并不如想象

第三辑　这辆列车不到 2046

有些人是可以怀念的，有些人只适合忘记，但有些感情却一直无能为力，曾经那么要好的两个人，最后还是失散了。

这辆列车不到 2046

凉月满天

好花盛开，就该先摘，慎莫待美景难再，否则一瞬间，它就要凋零萎谢，落在尘埃。

——莎士比亚

十几年前的土地不像现在这么富有，即使家在农村，也只一人困守屁帘儿大的一块，上面插花一样间作套种，务必使地尽其用。那时候，大片大片的棉田，动辄绵延十几亩。绿油油的棉株，巴掌大的叶子迎风招展，外行人看上去欣欣向荣，只有内行——包括我，一眼看上去，就颔首曰："嗯，该修理了。"

说来惭愧，身为农村人，我一浇地不会改畦，二打药背不动药筒，去捉虫，被长势良好、胖乎乎的肉虫子吓出一身汗，只有给棉花打尖理杈是长项。棉田一眼望不到边，风飒飒地吹着，脚一步一步往前移动，手不停地给棉株"掏耳朵"——就是把主力棉枝以外，在腋窝长出来的捣乱的小嫩尖掐掉，不让它们长成不结棉桃的荒枝，夺取养料。"把反对势力消灭在萌芽状态"，就这意思。这是我最钟爱的一种劳动方式，安静、舒缓，没事可以四处乱看，看天看地，晴川历历，芳草萋萋。一大片绿云上浮着一个小小的，穿的确良小花褂的身影。偌大的棉田里，通常只有一个人和我作伴。

家里别的男人们有更重要的活路，浇水、锄地、打药，顶着烈日耕锄犁耙，只有他清秀文弱，就把他留在我身边，一边闲闲地说着话，一边一起给齐腰高的棉花掏耳朵。一人占两垄，他干得快，时不时把手伸过来帮我一段。正是六月天，抬起头，能看见他脸上的汗。奇怪的是这个人辍学务农已经两年，却怎么晒都晒不黑。十七岁的少年,面白,细眼,长身,眼睛里总有一点点忧郁的神情,招人心疼。家里穷,虽然没让他再上学,但也不舍得让他多吃苦。我是到他家度暑假去的,当然也不会为难我这个客人,于是就把他派来和我一起干这种轻省的活路。

远远地看过去,地头放着他那辆二八加重黑飞鸽自行车。从家到地,需要穿过整个村子,走过弯弯曲曲让我绕不清楚的小路。他在后衣架上带着我,我一边坐着,一边拿手指一下一下刮他的后背。他就单手掌把,腾出一只手来攥住我的手,惊惊险险地在人们的目光和两旁的田地间穿过。

其时我读高二,自命算命先生,学校里正流行看手相。傻丫头们乐意幻想爱情线预示什么样的如意郎君。我想给他看看,他就是不肯,把手攥得紧紧的,怎么掰都掰不开。掰开一根,攥起另一根,掰开另一根,他把我的手也攥住。也不出声打闹,两个人安静地斗法。斗着斗着就到了。下地,干活。

要开学了,该回家了。二十多里的乡间土路,曲曲折折,还是他送我。两旁是合抱的大杨树,巴掌大的叶子在夏风中哗啦哗啦地唱歌。他停下来,把车子支好,我站一边,莫名其妙,看着他一步步走近,伸出胳膊,抱住我。我个子矮,虽然也十七岁,但刚一米五,他却一米七还多。努力抬头,能看见他白皙的脸,还有好看的、红红的、女人一样的嘴唇,细长的眼睛闪闪发亮。他捧起我的脸,叫:“凤芝。”柔软的吻像蝴蝶,轻轻落在花瓣上……

是的,凤芝。

也是暑假,去住了几天,走的时候他不在。过了几天,再去,他还是不在,又出门了。一本书凌乱地翻开着,几乎每一页纸的边边沿沿都写满了这两个字:凤芝凤芝凤芝……感觉这两个字像长了嘴,发出一声声呼叫,呼叫里是浸透了疼痛的快乐。正出神,身后有响动,他像只猫一样轻轻地出现了,就在门边,不说话,静静地看我。伸出胳膊,一把就把我搂住了。

那天晚上,我宿在西屋,他没走。

外面脸盆大的白月亮照着,他也没睡着,我也没睡着。两个人的衣服都穿得整整齐齐的。闭着眼睛,他吻我,我不张嘴,他也不张嘴,两瓣嘴唇像印模一样贴着——我们都还不懂怎么接吻呢。半睡半醒间，天就一点点亮起来了，鸡开始叫，大人一边咳嗽一边升火。睁开眼睛看他一眼，红脸埋头，他轻轻扳着我的肩膀叫我："凤芝……"没有誓言，没有许诺，那些不可解的美丽与不能承受的哀痛啊，那些铺满成长小径的忧愁，从此以后，世情如炉，人心似火，再也没有过这样美丽的时刻。

我们是没有未来的——他是我表哥。我考上大学的第二年，他结婚了。我大学毕业的那年，他添了小宝宝。看着他抱着脸朝外，穿得像个小狗熊的娃娃迎面走来，站定，细长的眼睛静静地看着我，叫："凤芝。"我的心疼了一下。

我是来报喜的。我也要结婚了。他听了，低下头，说："哦。"

十几年过去，整个世界都变了。农村再也没有大块大块的棉田，整个华北棉田的风光都已不在。他已经是两个孩子的爹，我的孩子也十岁了。整天穿着职业装来来往往，心情疲惫，人事繁忙。不如意的事情很多，就把以前种种慢慢淡忘了。

自从上网，认识的人越来越多，经常接到莫名其妙的电话和短信，已经习以为常。有一个号码反复发来，有时是一个字："累"；有时是一首字谜，谜面忘记了，谜底倒很容易猜："想要把你忘记真的好难"；有时是谆谆关怀："一向可好？"

我回："请问哪位？"不理我。

"你谁？"不理我。

"你究竟是谁？"还不理我。

把电话拨过去，居然一拨就挂，一拨就挂。

不堪其扰，我找朋友："你帮我打，看是哪个家伙。骂他一顿。"朋友马上就把电话拨过去了："听说，你爱乱给人发短信是不是？小子，你再敢这样，我剁了你！"马上电话就打来了："凤芝，是我。"

"啊，"我没有话。是表哥。他也没有话，在电话里一起一伏地呼吸。相隔太久，也太远了。同事叫我："老闫，走了，吃饭去。"我抱歉地笑笑，把电话挂了。

有一天回娘家，我娘说："去看看你姨爹吧，躺炕上不吃不喝十多天了，估计快那什么了。”

“哦。”我有些自责，好几年没去看望他老人家了。这是个老实忠厚的人，从来不生气，也没有邪火。估计除了不让天资聪颖的表哥上学这件事，别的就没做错过什么。

先生骑摩托车带着我，一路上树木“嗖嗖”地往后倒。进了村，我迷了路。大大的水塘不见了，“呷呷”叫的鸭子不见了，空阔的场坪也不见了，那条曲曲折折通到棉田的路影踪全无，到处是房子，还有切割大理石的机器轰隆隆地响着。我给表哥打电话：“来接我，我在村口，找不见家了。”

两分钟不到，一个人骑着摩托飞快地赶来。我冲他一摆手，两辆摩托相跟着飞快地往家冲去。到家，摘掉头盔，表哥看着我，说：“怎么这么瘦了！”

我低头看看：这怎么能叫瘦呢？还是这么珠圆玉润的！

进屋，寒暄，姨爹在炕上躺着打点滴，一家子都在跟前守着。表嫂见我来了，笑着说：“哎呀也不见你哥，接个电话就疯了样往外跑，原来是把你们接来了……”大家都笑，表嫂什么也不知道，也胸无城府地跟着笑。表哥不笑，坐在地上一把椅子上，低头抽烟，看不见表情。一霎时昨日重现。广大的棉田，强烈的阳光，慢慢走着的两个人。掰不开的手掌，重叠的嘴唇，静静地搂抱着细数月光。“Yesterday once more，啊，Yesterday once more……

自从知道是他以后，他给我发短信，我再没回过，有时是半夜两点，有时电话响两声就挂断。有时是陌生的电话号码，以为是他，一查，远在上海。后来才知道，他给表弟打工，被远派上海，换了号码——还是他。

是他也没用。不冷落能怎样？不辜负又能怎样？难道就为了偿这一世情缘，和他做一些成年人才会做的事吗？此生此世，再也不会有十七岁的并肩而行，相向而坐。只能一个驻守，一个远离，一个怀念，一个遗忘，一个来了，另一个转过身，走了。

《半生缘》里有一句话叫人伤感：“世钧，我们再也回不去了。”是的，再也回不去了。“紫藤挂云木，花蔓宜阳春；密叶隐歌鸟，春风流美人。”那是少年时代的爱情，纯美得无法复制，洁净得不容玷污，让人不忍心再有进一步接触。

有些人只适合做朋友，有些人只适合做情人，而有些人什么也不适合做，最合适的地方就是在心底悄悄藏着，偶尔想起，微微痛过，也就罢了。

我没看过王家卫的电影《2046》，只知道这是一列开向未来却装满回忆的列车。表哥，我们这趟列车，不到2046。

有些人是可以怀念的，有些人只适合忘记，但有些感情却一直无能为力。曾经那么要好的两个人，最后还是失散了。

谈一场有祝福的恋爱

积雪草

对于大多数女人，爱的意思，就是被爱。

——张爱玲

去南方旅行，在火车上遇到一个年轻的女子。

火车在青山绿水中穿行，如蛇一样，时而缓慢，时而灵动，车窗外有山有水有树有花，那女子坐在靠窗的位置，沉静，内敛，穿白衫，手里拿一本书，随意地翻着，时而秀眉微蹙，时而转头窗外。不知道是车窗外的风景陪衬了她，还是她陪衬火车外的风景，总之，是那样恰到好处的一幅画，流动的风景，唯美的图片。

喜欢乘火车旅行的人，大约都是闲适自由不赶时间的人。我问她，一个人？她点点头，说是，一个人可以想想事情。

花开的季节，谈一两次恋爱，那是漫漫人生长路中最美丽的事情。一个温情的眼神，一个无意中的动作，一句无心的话，都会令人遐想半天。牵着手在长长的林荫路上散步，一起去看场电影，一起去吃顿饭，收到家人的祝福，朋友的艳羡，就连偶尔吵个小架，都充满甜蜜的味道。

可惜这一切，都与她无关，她的恋爱充满挣扎与纠结，充满眼泪与矛盾，充满不安与混乱，更收不到来自亲人的祝福和朋友的安慰。

她是工作两年后开始恋爱的。

那个男人成熟稳重，一举手一投足，充满男性的魅力，有一点点腼腆，着

急的时候，说话会有一点小结巴，可是这点小小的瑕疵并不能掩盖他的气质，相反，倒给人一种真实感和安全感。

他是她的客户，常来常往，熟了以后，她爱捉弄他，喜欢看他着急的样子，因为他越着急就越结巴，然后就越说不清楚。她静静地笑着看他，他醒悟，说："你这丫头也太坏了点。"嘴上如此说，心中却是喜欢的。

不知不觉中两个人就恋上了，然后家里就知道了，身边的朋友也知道了，狂风暴雨般袭来的好言相劝，分析利弊。父母的白发和眼泪，朋友的无奈和忠告，可是，所有这些都阻挡不了这场感情的来临。

她想什么都不要，就这么跟着他。可是他却在这一场感情中左右摇摆，因为他已经被打上了婚姻的烙印，他的妻子曾经千里迢迢，背离家乡和父母，跟着他在这座陌生的城市里生根发芽，他离不开他的妻子，可是又眷恋女孩带给她的温情。

这样的男人不值得爱，他用爱着另一个女人的心爱你。他用接纳另一个女人的怀抱接纳你。他用爱着另外一个家庭的心去温暖你，你觉得这样内心龌龊的男人会有多少爱是留给你的？

在一场恋爱或一场婚姻中，光有爱是不够的，还有责任和义务，你有责任让你爱的人过得幸福甜蜜，你有义务让你爱的人过得舒适而从容，而不是天天接受道德礼仪审判和来自良心的谴责和拷问。给不了你爱的人幸福，那么，还不如趁早华丽转身，别伤害，就是最大的爱和仁慈。

这段恋爱也许会温暖你片刻，但不会温暖你一生，假使这段感情没有未来，你不在乎。假使这段感情充满伤痛，也让你无悔。哪怕撕心裂肺，哪怕短暂如烟花，你都不在乎，可是，假如你是一个善良的人，早晚有一天，你会面对自己，讨厌自己，因为你曾经让你的亲人如此难过，让你的朋友如此担心，让你的爱人如此痛苦，这份爱成了彼此的折磨，你还会安心好过吗？

趁着还未伤痕累累，离开吧！

人这一辈子，不能没有幻想，更不能没有梦想，可是丢掉了梦想，抱着幻

想过一辈子，似乎太不切实际。民国才女林徽因之所以没有选择徐志摩，而是嫁给了梁思成，我猜想，其中肯定有这样的原因，一段好的感情，不仅仅需要两个人的情投意合，更需要来自亲人和朋友的祝福。

有祝福的恋爱是幸福的，有祝福的婚姻是甜蜜的。

火车在青山绿水中穿行，穿行的时光好比人生，每一段都有不同的风景。年轻的女子坐在靠窗的位子，一本书放在小几上，被风吹得一页一页乱翻。可惜了这样一个好看的女子，爱不起的时候，最好别轻易碰触。

佛说，放下，方能拥有。放下，便是解脱。

放下是最好的解脱。放下执着，放下沉重，放下一切不开心的事，这样就可以轻松上路了。

错过与过错

张文超

谁若是有一刹那的胆怯，也许就放走了幸运在这一刹那间对他伸出来的香饵。

——大仲马

孤独，一瞬间印在了她的心湖里。

若馨用微信搜到了雨田，当时他距离雨田不过十几米。她看到雨田也在摆弄智能手机！

她打了三次招呼，第三次他才回她。若馨在微信里说，他们相距不到一百米，如果感兴趣的话，可以约个会。

然后她就看到，雨田从阳台上探出头来，四下里张望。若馨拉上了窗帘，她不想这么快就让他知道自己就是对面的邻居。从几天前，她就注意到了对面这个身材特棒的男生。

后来两人互相加了好友，联系就增多了起来。那天，雨田说想喝瓶汽水，楼高不想下去。没过十分钟，若馨就从自己冰箱中翻出来送了过去。

这是若馨第一次到雨田家里，才发现，这个身材如此魁伟的男子，家里摆设得却一点也不魁伟——可以说没有一件像样家具，只有一个行李箱，和一张大双人床。他告诉她，自己是个平面模特，平时除了拍片，剩下的时光都送给了睡觉。

若馨坐在了他的床边，很是矜持，这么近距离地看雨田，更加英气逼人，雄性的荷尔蒙撞得她有些眩晕。

彼时，雨田穿着一件白色背心，背对着她梳头发，那健美的身材有棱有角，若馨觉得自己成了一把古琴，让他的梳子一下下拨动了。

那天，她都不记得自己胡说了些什么，谈话结束，她都没道出任何有分量的语言。

倒是雨田很大方，在送她进电梯时，说了一句："没事过来找我玩啊！我在这层住，你瞧多孤独！"

孤独，一瞬间印在了她的心湖里。

有些人当了小三，还可以这么理直气壮。

若馨在一个地下商场出口被人堵住了，然后被一个男人扇了耳光。

若馨没声张什么，她知道会有这一天。她看到男人身边有个妖娆的女人。而那个女人，很明显不是很友好。

男人是前男友，但若馨的前男友很多，她有着不同于其他女孩的气质，所以，身边不乏追求者。她可以和四五个男人同时交往，而且这些男人都是高富帅，甚至是有相当背景的。她有着全套的监听和反监听设备。

和这些设备打交道的能力似乎是天生的，而这些东西也给她带来了丰厚的回报。

私家侦探所的老板对她格外倚重，说她不仅有年龄优势，还有性别优势，在战争年代绝对是个重点培养的女间谍。然后给她钱让她出入酒吧，勾引那些酒吧里疯狂的青年男子，然后把这些资料转交给一个个富婆的手里——那些人大部分是富婆包养的小白脸。

于是，若馨凭借强大的自身优势，和这些男生混得如鱼得水，但是，也有马失前蹄的时候，就比如今天的这位，她借谈朋友的名义，与男人交往了两天，她发现这男生除了被包养外，还有一个正式女朋友。于是，她采集了相关资料。

这个世界有些事真的很复杂，若馨有时读不懂这个社会，她无法理解。

在选择把资料给老板还是和男人交往上，她果断选择了前者，1 万元很快打到了她的账户上。

若馨疼得弯下腰，男人在扇完她巴掌走了之后，他身后的妖娆女人用高跟鞋踩了她一脚。她也边揉边纳闷，有些人当了小三又如此滥情，居然还可以这么理直气壮。

她一步步回到家，给自己抹点药，然后收到了雨田的信息：“方便上来吗？”

是我女朋友，就得尽女友的责任

若馨在雨田那里醉了，可是她坚持回了自己的家。雨田也喝了些酒，他的眼中似乎能喷出火来。对若馨说：“今晚别走了吧！”

若馨打量了一下他，摇了摇头。她可以和人交往，但是不能随便和别人发生关系，这些人可是她的客户。

她深知雨田是个什么身份，如果不是那个老板出了大价钱，神神秘秘地找到她公司，如果不是需要常常监控他，若馨才不会搬到这么个小区来，离市区远不说，附近也根本没啥好玩的！

那笔钱，足够她用一年了。挣到手，就可以用一年的时光来打发，她想自己开个琴房，这是她大学时代时就立下的愿望。

她走到门口时，轻轻抱了下雨田，就算是弥补他生日礼物的安慰吧！今天之所以喝酒，是因为雨田过生日，之所以喝多，是因为白天受到的委屈！

可是回去后，她怎么都睡不着了。雨田那燃烧着火的眼神不断在晃，一直晃到了早晨。干脆起身，打开监听器。昨夜喝酒时，她顺手在床下安好了。

雨田的屋子没有什么响动，仔细听，可以听到他平稳的呼吸声。若馨忽然想到一句古诗：“吟成豆蔻诗犹艳，睡足荼蘼梦亦香。”她觉得，她已经爱上他了。

隔天，她的脚步恢复了，她再次来到雨田家，说要补上生日礼物。

刚刚到时，雨田正在打电话，电话里，貌似在和别人吵。说着说着，忽然把电话伸到若馨面前，说：“说你是我女朋友。”

若馨一下明白了，她笑言：“是啊，我是他女朋友，从昨天他生日开始的。”

对方沉默了一下，然后挂掉了。

雨田把她一下拉到了怀里，幽幽地说："若馨，是我女朋友，就得尽女友的责任了。"

这个人现在确定是消失了，而且很是决绝

那夜回去之后，若馨想了很久，雨田那么英俊潇洒，对她又是一片痴情，这个机会是可遇而不可求的，如果错过了，也许永远都不会再遇到。

她给老板打电话，说这个单子她想放弃。真正的理由她没说，那就是她没有想到，自己和客户会发生真感情。她爱上他，不仅在于他外形俊朗，而且因为他也是学琴出身，他说他是个琴痴，遍访名师。后来，有个很看重他的女老师对他格外倚重，然后有一次倚到了她琴房隔壁的卧室里了。

若馨听了，问他，那时你的打算是什么？

雨田顿了一下，说："当时就是想把琴学好，其他没什么，后来和那个女人热恋后，就想和她结婚，如果不成，就私奔，或者自杀。"

"那现在呢？"

"忘记她，然后和你好好过日子。"

若馨很满意他的答案，算来，这几年虽然积蓄不多，但首付基本没问题了，然后和心爱的人慢慢还贷，再一起开个琴房打理，现在艺术辅导班仍然很火，日子肯定不用愁。

她把自己的想法告诉了雨田，但他似乎对未来没什么构想，而是格外看重现在。

若馨带好了她的银行卡，准备跟雨田一起去看房子，可就在第二天的时候，雨田失踪了。

他的房间里本来就没什么东西，现在只有一张大床摆着，空荡荡的，好像这里从没有住过人一样。若馨去找房东，房东奇怪地打量了她好久，对她说："那个房子一直没人住，你撞到鬼了吧！"

说完，房东走了。留下她在那傻愣愣地站着！

难道这两个月来的情来感往都是假的？不可能，雨田的风度，那健硕的肌肉，那有力的呼吸，绝对不会是假的。

可是，这个人现在确定是消失了，而且很是决绝，同时消失的，还有她安在床下的窃听器。

就这么错过了，这是谁的过错？

若馨是在一年后再见到雨田的，是在一次风光无限的酒会上，不过她不是主角——她不过是角落里一个很不起眼的孤独身影。雨田出现时，她吃了一惊，雨田身边，是一位上了年纪但很有气场的中年妇人，两人不疾不徐地走向主席台。

若馨把头轻轻地摇了摇——人，最终都会走到现实的，当时自己的纠结显得好傻，这世上真的有爱情吗？或许有吧，可对我来说太奢侈了。

可是接下来，那位气质女人对大家介绍说，雨田是她的儿子，这次高端酒会的举办，是对外正式宣布，让雨田做公司的接班人。

若馨显然很意外。

酒会过程中，她走到雨田跟前，与他碰了碰杯。雨田更加意外，他说："你知道吗，当时，我真的很爱你。我当时跑到那么一个荒凉的地方自己住，就是为了忘掉一个女人，后来遇到你，你不知道你们有多像，我真的是不得不爱！"他继续道，"可是后来，我发现你不信任我，居然在我床底安了窃听器，这太可怕了。我给了房东一笔钱，叫他不要泄露我任何信息。没想到我们还能再见面，你看，这就是我的公司，我的人马，还有，我的女友。"

他指了指远处一个女子，对若馨说。

若馨笑笑，祝你幸福。

这句话她听了太多人说出，这次轮到自己了。还记得吗，那些彼此慰藉的夜晚，微笑的调情，温柔的叮咛，粗犷有力的臂弯，那一段时间是属于她的。可是，雨田不会知道，正是因为那段时间他失恋，她母亲才找到她让她暗中监视并保护他。

若馨觉得，现在说这些自然是毫无用处了，人与人之间的缘分是莫名其妙的，不知道会在怎样的时刻邂逅，也不知道会以怎样的缘由离别。

就这么错过了，这是谁的过错？

若馨在雨田离开半年后，结婚了，和她的另一个客户，开了一家琴房，是她想要的样子。

如果不是与雨田错过，今天站在这里，高傲地与别人碰杯的，会不会就是他呢？

错过是一场凄美的邂逅，就像一场烟花的呈现和消失，最后只有寂寞的冷。

错失的钱包

李莉

由于痛苦而将自己看得太低就是自卑。

——斯宾诺莎

与陈浩的相识,我狼狈不堪。

那天,我在大学新生报名处报到。在交费处,发现自己的三十元钱不翼而飞,于是在地上四下搜寻。

一个穿白衣的男孩在一旁,安安静静地观察着我。我有些懊恼,我这形象够狼狈了,还要在一旁欣赏啊?

“你是不是掉了三十元钱?”他走来问。

“啊?是的。你怎么知道?”我惊讶地问。

当他递来我丢失的三十元钱时,我怦然心动。

不是见钱眼开,而是这时我才注意看他,他那俊秀清爽的气质让我眼前一亮,真是很好看的人啊。

他说:“刚才我们在班主任那儿报名,你走后我发现地上有这钱,估计是你的,就来找你了。”

我涨红了脸看着他,有点发呆,竟忘了说一声“谢谢”。

他转身离去。

他一定当我是爱钱如命的女子吧?他一定很鄙薄那个不知感恩的女子吧?心里真是懊悔。

第二天上课,我才知道,我和他是同学,他叫陈浩,被老师任命班长。

学期初,班主任将班费交给我,让我保管且记账,作为班长的陈浩要开支

班费就要经过我。

班上搞活动买的任何东西，哪怕小到一盒图钉，踏实的我都会一笔笔地记下来。

陈浩笑着看着我的举动，说了句："把钱看得真紧啊。以后，谁要娶了你，真是倒霉。"

我笑着应了句："这事你不用担心，我要等人家还没了解我，就赶紧嫁了，然后告诉对方，恕不退货。"

他哈哈大笑，赞道，是个女汉子。

在得到陈浩赏识后，我这女汉子成功地晋级为他的朋友。

我们常在课后聊天。我也常将写好的文章给他看，自豪地说："免费给你参考下，调动你创作的灵感。"他便笑着说："我发现你对我挺好的。"

我尴尬地掩饰："谁让我见面就欠你个人情呢？我这是'爱钱及乌'。"此言一出，大家哈哈大笑。

但是，我清楚，我对这只"乌"的爱远远胜过了钱。只是，不漂亮的我很自卑，胜算不大的事我不会做，我不会表明我的情感。能做他朋友我已知足。

他常调侃我："你看你，完全不像是女孩子，衣服总是灰色的，老土，如果你腰上再系一根皮带，就整个一女八路。"

我扬起手假装要打哈哈大笑的他。那天下午我就去了服装店，给自己买了件红色的衣服，回到学校，像只花蝴蝶一样在他面前晃来晃去，他在一旁笑意盈盈。

在毕业前，他终于开始表现出对异性的关注。他说："你看柳叶，人家才像个女孩，又温柔，手又巧。"

我觉得心里酸酸的。是的，柳叶不仅漂亮温婉，还会用编织带编出很多饰物。我的确不如柳叶。

回宿舍后，手不巧的我开始学织围巾了，考虑不久是圣诞节，可以当作礼物送给陈浩。

室友们见我在拙笨地编织，奔走相告，那个笨手的人居然也在织围巾了，大家就笑了。

是的，我在点点滴滴地改变，慢慢向他心目中好女孩的标准靠拢。

计划没有变化快，在我想向他靠拢时，他却向柳叶靠拢了。一天，我发现下课后他坐在柳叶的身边，让柳叶教他编织东西。他们头挨着头，细心地将那彩带穿梭编织。

“要这样，这样编过来……”柳叶温柔地教，这个平常同我说话大大咧咧的男孩，连连点头，此刻听话得像一个小学生。我的心跌入谷底，酸楚和自卑交织在心头。

回到宿舍，见到床上那没织完的围巾，我的泪水啪啪直掉。

“怎么了？”室友问。

“我好笨啊，围巾织得太丑了。”我哽咽着。

我继续笨拙地织，泪水却总也止不住，很快将围巾弄湿了。无意抬头，见室友同情地看着我。

圣诞节那天晚上，班上搞了联欢晚会。因为再过一期就要毕业，分手在即，大家很容易真情流露。

我坐在座位上，看着坐在对面的陈浩和柳叶，失去了给他围巾的勇气。

那个总喜欢向我请教问题的吴新勇却在此时走向我，坐在我身边，悄悄对我说：“听人说你织围巾还哭了啊？傻瓜，你编的围巾，再丑，能得到的人都是荣幸。如果没人要，你就送给我嘛，我围一辈子。”

我理解这是一种安慰，酸楚已久的心感动而温暖。我站了起来，当着全班的面，认认真真地将围巾给吴新勇围上，低低地说了句“谢谢你”。

全班为我的举动鼓掌，在那一瞬间，我用余光看了陈浩，他一脸惊愕，神情复杂。那天，我和陈浩都没相互送礼物。

第二天，吴新勇就围上我那织得凹凸不平的围巾，我单独找他在教室的走廊上，红着脸对他说：“这围巾代表友情和感激，没其他意思啊。”他呵呵笑着说：“我知道，我也是友情，想让你开心。”

不久毕业,我与陈浩和吴新勇都没再联络。

多年后的一个春天,阳光明媚,我带着九岁大的儿子逛街,竟看见了柳叶。

我们欢喜地呼喊对方名字,然后一路同行。

我问柳叶,嫁与何人?

她的老公竟不是陈浩。我不动声色地问:“有段时间陈浩喜欢接近你,我还以为他在追求你呢。”

柳叶呵呵笑,说:“不是这样的。陈浩对我说他喜欢上一个女孩,想让我教他编一个钱包送那女孩。”

陈浩说,那女孩不漂亮但很可爱。他拾到了女孩的三十元钱归还了,那女孩就“爱钱及乌”,成了他好朋友。他担心女孩又丢失了钱,又被其他男孩拾到,女孩又去“爱钱及乌”,所以,他要亲手编个钱包来帮她保管好钱,也保管好她的情感。只是圣诞节后,陈浩说这钱包用不着了。过往尘事,柳叶说得云淡风轻。

我的泪却喷涌而出。

眼前又浮现出那个自卑的女孩,因为不自信,对身边的爱浑然不知。在那热闹的圣诞晚会上,阴差阳错地弄丢了原本属于她的爱的钱包。

自卑就是不敢热烈开放的花朵,纵使青睐于雨水的滋润却也不敢表达。愿每个人都可以勇敢些。

无词歌

心是莲花开

你给我一滴眼泪，我就看到了你心中全部的海洋。

——郭敬明

1

大二下学期刚开始，你对我说："蓝月，我想退学，去做我自己喜欢做的事情，我要安心搞创作，写出最美的歌唱给你听。"

我知道你喜欢音乐，那么狂热的喜欢唱歌，可是，除了音乐，你把我们的爱情安放在哪儿呢？

你看我一脸乌云的样子，继续说："我会去酒吧唱歌，这样你就不用向家里要学费了，可以减轻家里的负担。"

"那好吧。"我说。

我知道你的脾气，你是那种一条道走到黑的人，没有谁能阻止得了。

你在酒吧唱歌的收入并不高，养活自己都难，别说是养活我了。我的心陷入了一片矛盾之中。

那一天，天上飘着细细的雨，我去酒吧给你送伞。你正站在台上唱歌，是《怒放的生命》："曾经多少次跌倒在路上 / 曾经多少次折断过翅膀 / 如今我已不再感到彷徨 / 我想超越这平凡的生活 / 我想要怒放的生命 / 就像飞翔在辽阔天空 / 就像穿行在无边的旷野 / 拥有挣脱一切的力量……" 透过闪烁的灯光，我看到你的眼角泪光闪烁。

和你并肩行走在雨里，看着你才几天就已“沧桑”了的脸，我的心很疼。

我说：“要不，你跟老师说说，再回学校上课吧？”

“我不会再回学校的，因为那不是我喜欢的专业。我只想用我的歌声来和这个世界谈谈，就算一直不会谈出结果。”

“但是，生活不是幻想，很多时候，它残酷的叫人落泪。”我声情并茂，想“吸引”你再回学校课堂。

你说：”你知道吗？每当在台上歌唱，我就忘掉了忧伤。“

2

我们的生活十分拮据，因为你家里不同意你退学，在得知你已经退学的时候，便再也不给卡上打钱了。你在酒吧的收入不稳定，没有收入的日子，我们俩就靠着我每月几百元的生活费度日。

你说：“咱俩要做精神贵族，过最简单的生活，与豪华物质绝缘。”

你每天不吃晚饭就去酒吧，你说酒吧里的客人很大方，会请你喝酒吃肉，我知道，你是为了省下一份餐钱给我补充营养。

这样的日子，我不觉得多苦，因为至少我们还相爱。相爱的人在一起，再贫瘠的的日子，也是美好的。

四月，是你的生日，那天你喝了很多酒，走在空荡荡的街上，你一步三摇，嘴里却大声念着海子的诗：“要有最朴素的生活，与最遥远的梦想，即使明日天寒地冻，路远马亡……”你说着说着，泪水溢满了眼眶，然后决堤。

第二天，你对我说你想去云南，我说你去那里怎么生活呢？你笑笑说：“别忘了，我们是精神贵族。当我想你的时候，我会埋头写歌，有你在我心里，我就是最富有的。”

你走的那天，天阴郁着，似我的心。我送你到车站，在你踏上站台的那一刻，我才知道分离是多么的痛苦与无奈。

你推开车窗大声喊："蓝月，我爱你！你是我最初和最后的爱，无人可替！"

3

收到你的来信，是在你离开后的一个月，你说你找到了一些志趣相投的朋友，他们有着和你一样的灵魂，想用音乐和这个世界交谈。你说和他们在一起，连忧伤都变得温暖。你说你们想出一张专辑，制作费是大家拼借而来的钱。

我落泪了，我为你感到高兴。

半月后，我收到了你寄给我的钱，不多，只有 100 多块钱，你说没想到专辑卖的如此惨淡，你说在这个繁华时代，没想到人们对精神产品的需求如此低廉，说起来真像个讽刺。

我仿佛看到你的背影，是那么落寞。

我安慰你说：钱不重要，关键是你要创作出属于自己的作品。

很久，没有你的消息。我的心不知怎的，变得心慌意乱。打你的电话，已欠费停机。

我终于忍受不住煎熬，买了车票，奔向你的方向。

左拐右拐，左问右问，终于找到了你信封上那个地址，我惊呆了，那是一座靠近郊区的别墅。

一个穿着时髦的女人挽着你的胳膊，你们谈笑风生，神情亲昵。

你看到我，一点也不惊讶，对那女人说："蓝月，我的大学同学。肖梅，我的太太。"

你说的那样风轻云淡，却似在我的心上用最残酷的刑具鞭挞。

在我转身离开的时候，你低低地说了声"对不起"，还有一句："忘了我。"

4

七月，国槐花开得银装素裹，好似飘雪般，给暑热的天气添了几分清凉。

浩一手为我撑着遮阳伞，一手拿着我爱吃的山楂雪糕，温柔体贴。

浩是我和你共同的朋友，那一天我从你那里回来，告诉了他我看到的一切，此后他便对我百般呵护，殷勤照顾。

浩说就将我们的婚期定在大学毕业典礼的第二天，我答应了。

无意间看到你写给浩的信，我窒息了。

原来，你的太太不是真的，连同那座别墅，都是你向我演戏借来的道具。你得知自己得了癌病，便不想拖累我，也不想拖累亲朋好友，只身前往偏远的山区，用最后的时光，去圆孩子们的音乐之梦。

你说你不后悔爱我、爱音乐，你说谁也不要去找你，就让你清贫而又有骨气地离开。

我的泪决成汪洋的海，颗颗泪滴，出落成心底花的模样。那花儿将黯然失色的日子一一照亮。

我懂你的静默，也懂你的知足。

你懂我的静默和知足，却不懂没有你的日子，我该有多难熬。

青梅且待竹马来

风絮

曾经也有一个笑容出现在我的生命里，可是最后还是如雾般消散，而那个笑容，就成为我心中深深埋藏的一条湍急河流，无法泅渡，那河流的声音，就成为我每日每夜绝望的歌唱。

——郭敬明

陌上花开成缓缓展开的画卷，你拉着我的手，沿着小路款款而行，山青，水绿，花草树木在我们的眉眼间肆意流淌着幸福，你突然单膝跪地，说："且等我，竹马一骑踏归程。"我浅笑："青梅且待竹马来。"心中，漾起饱满的甜蜜和欢喜。

1

13岁，我到城里上初中。城市里到处车水马龙，没有乡村的那种宁静。我一双眼睛左看右看，琳琅满目的繁华让我目不暇接。终于找到学校，终于找到初一三班的教室，班里已有不少同学，我不敢和他们说话，找了一个角落的空位置坐下来。

"请……问……这个……位子有人吗？"我抬头看你，你白皙的脸瞬间红了。我看着你，摇摇头，你红着脸坐了下来，再也没说一句话。

班主任看同学们都自己找到了位子，说就这样吧，位子就不再另调了，

我看见你的眼里,闪过一丝欣喜。

你不爱说话,老师叫你回答的时候,你总是磕磕巴巴的,几个调皮的男生学你结巴,你不辩解,只是红着脸,把头深深地埋进课本间。

你的作文写得极美,老师拿来当作范文读:“心灵的桃花源里,有鸟鸣的惬意,有夜雨的诗意,有陌上花铺开的花意。阳光用温柔的手随意涂抹,就是一幅绝妙的水墨丹青画,流年的风轻轻摇曳在季节的枝头,轻轻讲述着浅淡的故事……”

我问你:“你也是来自农村吗?”

“嗯。”你轻轻点点头,再也不说话,只是脸红得厉害。

那一天,你送我一包青梅干,说:“这是……是……我家里……种植的青梅……树……结的,我……妈妈……晒制的……青梅……很好……吃。”然后硬塞到我手里,跑开了。

晚上躲在被窝里,口含一颗青梅,咬下去,酸酸的,涩涩的,甜甜的,像广告里说的初恋的味道。“初恋,真的是这样一种味道吗?”想着想着,我偷偷地笑,任嘴里的青梅围着舌头绕。

13岁,是个多梦的年纪,你是那样安静,但你一说话就脸红害羞的样子让我心微微的颤动,仿佛一阵风,吹得我情窦初开的心海微澜轻起,涟漪微皱。

当然,我努力不让你看不出来。

寒假那么快就来了。

2

凭栏看落雪,手握着几颗青梅干,心中有淡淡的心事。

上网,看到你的留言:家里的青梅树发芽了,等春天结了青梅,折几枝送你。

我回:别折,它会疼。

终于开学了。

放学时,你递给我一截干枯的青梅枝,上面有两颗干枯的青梅。我说:“是标本么?”你使劲点点头。我说青梅可以不疼了。你笑了,我也笑了。

时光随风飞,明媚的夏日,你家里寄来一大包青梅,我和你坐在操场边吃着青梅,边看夕阳慢慢落下。

杯子里的白开水,透明无味,泡一颗青梅在里面,犹如浸润那份酸酸甜甜的心事。

初一结束就是初二,转眼就是初三。

各类测试让我们应接不暇,没有心思再想心事,那颗颗青梅,在纸袋里尘封。

那个有些清爽的夏日,我们在考场上奋力一搏,我知道你能考上重点高中,而我,对自己没有信心。

分数下来的那天,你在网上说你考了自己想要考的分数。我不敢说,我知道我们这次是要分开了。

你上了一中,我只考进了三中,两所学校分别在城市的两头,隔着不算近的距离。

毕业宴过后,我独自一个人往家走,你跟了上来,不说话,只递给我一包青梅干。

我说我们多像一粒浮尘,只能随风聚散,而风,已把我们吹到了不同的方向。你望着我,说:“暂别离,勿相忘。”

3

高中的学习比初中更加紧张,因为关乎考上理想的大学,关乎我们的前程。

复习资料堆积着复习资料,白开水般的日子,却再也没有你的青梅泡。

同学发来短信息：暑假同学会。我去了，你也去了。你长高了，嘴唇间隐隐透着胡须的痕迹，身材也高大了，像个男人了。唯一没变的是你一说话就脸红。

你说你想考北京大学，我说我不敢想，我指定考不上。我惊异地发现，你的口吃好了。我问你是怎么改掉口吃的毛病的。你说是班里的一个女同学，利用业余时间陪你练习的。

我的眼睛涩涩的，像被迷了一样，你问我怎么了？我说我想起了青梅的味道。

你没有说话，第一次拉起我的手，说："青梅一直在，那个标本不是还好好的吗？"

是啊，该来的总会来，就像一夜春风渡枝梢，自会有桃红柳新的满心欢喜。我的心里，充满了莫名其妙的忧伤。

我们相聚的机会很少，只是在每年的同学会。

你清俊的脸越来越棱角分明，有一种说不出的东西吸引着我的目光和心跳。

最后一年的同学会，你说你考上了北京大学，而我，考上的是一个二级城市的普通大学。

分别的时刻，你再一次握住我的手说："妾发初覆额，折花门前剧。郎骑竹马来，绕床弄青梅。等我毕业，去找你，一定等我。"

我点点头，看着你的背影渐行渐远。

4

风轻云净，远山含笑。

你说家里的青梅又熟了，这次不给我带，要我亲自去摘。

青山绿水间，一颗颗青梅挂满枝头，清芬四溢。如同我们的爱情，没有轰轰烈烈，没有海誓山盟，只是顺其自然却一直走在彼此的心上，没有多辛苦，也没有多甜蜜。

我说："你知道吗？我13岁的时候就偷偷憧憬过和你结婚的场景，那是我第一次对一个异性有懵懵懂懂的爱慕。十多年过去了，我终于等到了你。"

你说13岁的爱情不是叛逆，我们只是过早地遇到了对的人，因为自持，我们才有了美好的今天。小时候妈妈常说：过早摘下的青梅，是酸涩的。

你说你还有一年毕业，到那时候"一骑竹马归，陪你弄青梅。"

纯真和坚守，让我们的爱情超越了想象中的美好。纯洁的心是爱情之花最暖的温床，它用一路的微笑，陪伴我们"修成正果。"

这世界上最动人的话语就是，我等你。仿佛许了一辈子的誓言。我依然相信，越是单纯的干净的爱情，越是持久和感人的。

通往城堡的路

简宽

一刹真情，不能说那是假的，爱情永恒，不能说只有那一刹。

——三毛

老家的背后是座山。一次放暑假，母亲带他一起上山砍柴。累的时候，他们坐在山上的大石头上，迎着风，一起看山下马路上川流不息的车流。

马路上的车海令他眼花缭乱。母亲指着山下，让他向着远处望，那里是一座漂亮的城堡。他看到了纵横交错的大小马路曲里拐弯地向着城堡奔去。母亲擦着脸上的汗滴，说："孩子，你瞧，通往城堡的不止一条路。生活的路也是这样的，如果不能达到预想的目的，你就尝试着去走另外一条路。"

在读中学的时候，他是一个严重偏科的学生，理科极差，数学考试曾只做对了 3 道选择题，这不由让他信心顿失，母亲常为他的学习忧心。那年暑假，他向父亲央求，让他从画，因为学习这个专业，文化课可以不用考数学。但他的父亲不肯，说他学业上没什么成绩，胡思乱想的倒是会。

他向母亲求助，她什么也没说，却带他来到山上一起砍柴。在山上，望着母亲满头的大汗，他从母亲的话语里，找到了答案。

暑假结束后，他比平时更努力地学习，并努力地去挖掘自己的长处，试图扬长避短。一次，班主任拿着一份通知给他，是一个全国性的征文比赛。因为他是全校文章写得最好的，校长指定让他去参加这个比赛。他全心扑在了这项比赛中，决意要拿个成绩给父亲看看。这项比赛，整整用去了他一个月的时间。功夫不负苦心人，他的作品在这次比赛中脱颖而出，获得了最高奖。母亲知道这个消息后，对他竖起了大拇指。而父亲，得知他获了大奖，更是高兴，觉得他给这个家争得了荣耀。

母亲站在旁边向他挤眉，示意他向父亲开口。没想，这回父亲真的被他征服了，答应了他的要求。

在之后的岁月里，母亲的话语像一盏温暖的小灯，在他日后的人生旅途中始终闪亮着。他从乡村中学考上大学，从山沟里走向大城市，一直铭记着母亲给予他的那一股温暖。他从小立志走出那片山旮旯，做一个有出息的人。

四年大学，他比谁都拼命，夜以继日地画画，写文章。毕业前还办了自己的个人展览。他信心百倍地拿着自己的简历四处应聘，可到头来上帝为他开启的门扇并不多。虽然他的专业成绩不错，可他发现几次面试下来，白纸黑字的卷面几乎形同虚设，那一切都是一些世俗的游戏和规则。迷惘的低处，他发现自己的路被堵住了。他对这座城市既充满希望又感到陌生。他只是一个农村出来的孩子！那些家境殷实的同学，还没毕业父母就已经为他们安排好了工作。而像他那样少许的几个贫困生，都还在彷徨和迷茫的低处。

一天夜，他独自走在校园的小径里，路过宿舍的拐角，他突然发现以往黑暗的角落，不知何时亮起了路灯。他站在灯下，持久地看着那盏散发白光的灯盏。那一会，他的脑门突然闪过了儿时与母亲上山砍柴时的那一幕……他似乎得到了巨大的启示，飞快地跑回了宿舍。

那一夜，他的心情从未有过地开朗和澄明。他要用自己的能力和智慧，去寻找通向幸福城堡的另一条路！他重新整理了个人材料，把自己若干年来发表的美术作品也附上。带着它，第二天他又开始满街跑。几天奔波下来，上帝的门扇仍未向他开启，依然没有一个单位看中他。有一天，他在回校的路上遇到一位同学。他得知了同学已经被一家银行看中。这不由让他好奇起来，美术生居然被一家银行看中了？同学说：大学时候，他选修了会计专业，而且还取得了会计工作证书。

同学还告诉他：现在，很多单位都很需要有跨专业才能的毕业生。

骤然间，他的脑海闪过了一个智慧的想法，进而更大胆的设想在他的脑际打开：何不将自己所发表的稿子，也制成一本自荐书，跨学科应聘？他相信自己，觉得自己是可以的，便当即按这个想法去做了！

他将自己多年来发表稿子、获奖的资料全部整理出来，把它精制成一本漂亮的册子，带着它去参加一个大型的招聘会，他觉得对自己的考验来了。使他万分高兴的是，他的材料受到几家用人单位的瞩目。他还欣喜地看到一个很不错的单位，招聘的职位很迎合自己的要求。

然而，当他走进那家单位的应聘厅时，他的心又凉了半截：旁边来应聘的全是中文系的正规军，而且，门边上贴的招聘说明第三条："全日制中文系"赫然在目。这简直是一个巨大的坎，把他的去路又堵住了。中文系？这让他到哪里去"印制"啊！眼前的希望又成了梦幻泡影，他极其伤心地走出大厅。突然，他停住了脚步：一定还有别的办法，虽然自己不是科班出身，但也不能让自己先败下阵来。他心里想：一定要去试一试，哪怕被拒绝了失败了，那也是一次经验！他毅然返身回去。面试官是一个扎着两条马尾辫子、气质非凡的年轻女子。轮到他了，他向她表达了自己的想法。她虽然觉得他的条件有所不足，但还是用很欣赏的目光看着他的材料和询问他在校的一些情况。

她问完话后，就没再作声了，向他挥了挥手后，然后喊"下一个"。这次他彻底跌入了谷底，连同所有的奢望与念想都被打得粉碎。他悻悻然地走出面试厅，那一刻他连抬头的力气都没了。

半个月后的一个下午，他正坐在宿舍下面的草坪上，神情黯然地晒着太阳。突然，楼上宿舍里的同学大声地朝他喊，电话，电话……

他慢吞吞地上楼，脑子一片空白。他不知道，这已经是第几次要向母亲说谎了。他也不知道，这一次，他该编造一个什么理由，才能再骗得他的母亲，让她知道他在外一切安好，不必担心。以至于不让母亲太快为他伤心和落泪！他接起了电话，叫了一声"妈"后，喉管就被卡住了，接着脸颊一阵一阵地发热发烫，最后泪水垂落而下……

是那位扎着两条马尾辫子的年轻女子打来的电话。

一个月后，他顺利地通过笔试，跨进了理想的城堡之门。

什么是幸福呢？大概就是去做自己想做的事，去成为一直想成为的人，纵使路远马亡，只要坚持就会有收获！

以爱第一的民国“第一公主”

大可

培育爱情必须用和声细语。

——奥维德

“背世返能厌俗态，偶缘犹未忘多情”，爱是有缘分的，而有些缘分则是因为两人一反俗世的相互心仪。

上世纪四十年代初，有两位相互心仪的人走到了一起。男子叫韦永成，出生于广西永福县太平村，在苏联留学后又去德国深造。抗日战争爆发，他回国抗日，任第五路军总政调处主任，并兼任国防艺术社社长、广西日报社社长、前线出版社社长等职，后又调任安徽省民政厅长。

一天，韦永成与会计主任徐祖铭谈完工作，徐祖铭说：“韦厅长，俗话说，男大当婚，女大当嫁。你今年已是而立之年，应该考虑考虑个人问题了！”“以前忙于学业，回国后工作又千头万绪，没时间啊！”说到这他笑了笑，“倘若老兄觉得有合适的，还请帮个忙！”徐祖铭一听连连点头应允：“这件事就包在我身上。”

韦永成之所以让徐祖铭帮忙，因为徐祖铭夫人章竞平毕业于浙江之江大学，韦永成听章竞平说过，她有一位同窗好友，相貌美丽，秀外慧中，出身名门却朴实娴雅，没有半点儿贵族小姐的骄娇之气。韦永成听后，心想：她就是自己理想的伴侣啊！

一心要成人之美的章竞平连夜给名叫蒋华秀的同窗好友写了长长的一封信，详细介绍了韦永成的一切，并说，他是你再理想不过的佳偶。

蒋华秀收到章竞平的信后，心湖中顿时掀起巨大波澜。因为韦永成在苏留学时，与同在苏联的蒋经国多有交往。蒋华秀曾多次听到蒋经国说起韦永成：“聪明能干，潇洒英俊，年轻有为。”正值妙龄的蒋华秀也就把韦永成这个名字铭记在心。

原来，蒋华秀是蒋经国的堂妹，蒋介石的亲侄女，此时正在蒋经国赣南的公署工作。当韦永成第一次听说蒋华秀的这一背景后，不免打起了退堂鼓，并声称自己工作太忙，不便去相亲。

章竞平不想让他们错失良缘，便风尘仆仆来到江西，请蒋华秀到安徽当时临时的省会立煌县城。蒋华秀想：不说是总统的亲侄女，自己即使是一般女子，可也不能去“女追男”啊！在章竞平的多般劝说下，也因为韦永成这个名字已被记在了心中，蒋华秀最终同意去见见韦永成。

1941 年 10 月，在日寇的炮火和铁蹄四处肆虐时，蒋华秀跋涉两千多里来到大别山。在群山环抱的立煌城关，两人相处一个多月，对方在各自心中的美好一一被印证，由此他们倾心相爱，并决定早结良缘。

那天，严寒正浸凌着大别山区的山山水水。韦永成在忙完一天的工作后，和蒋华秀相约来到立煌城关外的一座山下。一道残阳如血，虽然山河美丽，却不禁让人感到秋的萧疏和肃瑟。两人紧牵着手，一边说着话，一边往山上去，可因山路既陡又滑，没走多远，他担心蒋华秀摔倒出事，便说：“我们还是返回吧。”蒋华秀让韦永成斫下两截树棍，她拿了一根，说：“这下我们就能上去了。”

其实，两人做出成婚的决定时，蒋华秀就意识到他们的结合就如攀登一座陡峭的山。蒋华秀是蒋介石的兄长蒋介卿的女儿，蒋介卿在 1936 年去世，是蒋介石的嫂子含辛茹苦将她抚养大的，没有女儿的蒋介石要把华秀培养成为“第一公主”，高中毕业就送她进了大学。

越是权力高层，婚姻中的政治因素越是明显，不知有多少爱情因而成了政治的牺牲品。但蒋华秀要为爱情搏一搏。

蒋介石听说侄女要嫁给韦永成后，非常生气。因为韦永成是桂系李宗仁、白崇禧手下最得力的青年才俊，而蒋介石与桂系从来就格格不入，尽管在抗战爆发后表面上开始合作，但实际上貌合神离。

他要阻止他们的结合，听说这一对恋人正在赴西安途中，蒋介石赶紧找来得意门生，第三十四集团军总司令胡宗南：“你马上飞回西安，布置耳目，等韦永成蒋华秀一到，便给我扣下，听我的吩咐!”

蒋华秀这次是商量好和韦永成去重庆见叔叔蒋介石的，然后在重庆举行婚礼。在途经西安时，韦永成把蒋华秀安排在旅馆里，自己则前往胡宗南公馆处拜谒。而这时，一队士兵来到蒋华秀下榻的旅馆，强行将她带走。看着那些彪悍蛮横的军人，蒋华秀没有丝毫畏惧，有的只是愤怒。

韦永成回到旅馆，见人去房空，愤怒、痛心、懊恼……各种情感涌上心头。他换上蒋华秀为他烫得笔挺的西装，习惯性地把手伸进口袋，突然摸到一张小纸条，打开一看，两行隽秀的字映入眼帘：“永成，不用担心我，我相信，任何力量都无法把我们分开！”一个个字就如同那天攀山坚定的脚印，韦永成的眼睛湿润了。

这时，韦永成突然想起了蒋华秀在那天攀山时说过的一句话：我们攀越爱情之山如遇到困难，也许婶婶救得了我们。她说的婶婶即宋美龄。人称“小诸葛”的白崇禧也建议他向宋美龄求助。于是，韦永成以他和蒋华秀的名义给蒋夫人写了一封信，表明他们真情相爱矢志不渝的决心，并附上华秀装在他西装口袋中的亲笔字。

信被送到蒋夫人手中，宋美龄看后，不禁想起她在英国获得文学博士，回国后 30 岁依然未嫁，后与蒋介石结婚，人们评头品足，说长道短……她知道一个女子要追求自己的爱，获得幸福，是何等不易。因此，她对那种包办、干涉他人婚姻的事深恶痛绝。

那天，宋美龄对蒋介石说："既然华秀对永成一片真心，你们还逼他们分开干什么?要知道，伤害他人的感情比某财害命更可恶!"蒋介石深知宋美龄的好恶和个性，说："好了，别说了，就依夫人所言，让他们一起到重庆来一趟，至于给他们送点什么，夫人看着办吧。"

宋美龄叫上韦永成一道乘飞机去西安，接蒋华秀到重庆，并亲自为他们主婚，这对有情人终成眷属。成婚后，蒋华秀远离政治，倾心兴办教育。两人鹣鲽情深，白头偕老。

"转觉人间无气味，常因身外省因缘"，敢于追求一份因缘，以爱第一，世界也就有了爱的佳话和传奇。

世界因为有了爱，才会变得温暖，所以，如果你曾经和爱情相遇，那就请紧紧的抓住吧。

那场旖旎之后的春暖花开

冬凝

真正的爱情是不能用言语表达的，行为才是忠心的最好说明。

——莎士比亚

1

那次归时正是初冬，下起淅沥沥的雨，湿湿冷冷，让人无法挣脱。

手机短信响了一下，小浅不理，只是顾自打开行囊，把青花抱枕取出，在腮边贴了贴，再将一床青花薄被展开，把自己裹了又裹。关了灯，抱紧抱枕入睡。梦里，小浅好似梦到柯杨躺在床的一侧，背对着自己，穿着整齐的衣物，在空调的暖意中蜷缩起身体。

那是2011年初冬。小浅莫名头晕，几天不曾好转，柯杨便把她带到自己住处，与小浅第一次睡在一个房间。他在被子外，她在被子里，隔着一人多的距离。

凌晨，柯杨呼吸均匀，小浅小心地把手臂环到他腰间，那是一个没有回应的残缺拥抱。

小浅低低地哭了。她知道，与柯杨，注定是一场残缺的感情。

那之前，小浅失去一场五年之久的盛大初恋。于是，流落在陌生城市的小浅，只剩下了一颗千疮百孔的心。柯杨于人群中出现时，小浅冰封的心开始有了第一口呼吸。

手机信息提示音又一次婉转响起，小浅迷蒙中打开：回来了吧？明早等我。

是曲云琪。

只要回了家，曲云琪总是风雨无阻地报到，为她送来日常必须的用品食物。

小浅低低地叹口气，随便回一个“嗯”字。

2

已经两年不曾见到柯杨了。

两年里，小浅辗转走了很多地方。朋友提到小浅都会说，那女孩子潇洒得很，几乎任何时候都可以毫无顾忌地背包赶赴她想去的地方，没有任何放不下。

只有曲云琪知道不是这样。他确切知道她多了一个奇怪的习惯。那就是无论走到哪里，一只青花抱枕与一床青花薄被，是小浅不离不弃的随身之物。

小浅不是不知道曲云琪喜欢她。不然，怎会在恶劣的天气赶去她家为她送一锅热热的红薯粥，怎会无论她走到哪里，都能收到他嘘寒问暖的短信，又怎会万般在意，她流露的每一个表情。那些心意，小浅不忍拒绝，却又不知该如何照单全收。

在小浅的时光里，曲云琪不离不弃追随很多年，无论她如何忽略他，他都仍然坚守着自以为青梅竹马的情缘。

小浅曾经郑重其事地跟他说：“只能做普通朋友，真的曲云琪，我们不可能的。”

曲云琪点头。他早就知道小浅心里没有他。小浅去西藏，为她带回一片佛牌，对她说：“我代你求的是好姻缘，希望会有个好男孩来到你身边，跟你细水长流。”曲云琪想说话，小浅挡在前面：“我累了，想眯一会儿。”

可曲云琪仍然我行我素奉献着他的爱。“爱你是我的事，与你无关。”曲云琪赴汤蹈火般，无论小浅怎样回应，他都幸福满怀。

看到曲云琪的快乐，小浅满脑子都是柯杨。小浅不知道自己怎么可以拖着失恋的伤痛之心，不可救药地爱上柯杨。

3

小浅注意到柯杨是在公司组织的一次远足。与柯杨同级别的副总都携妻带子，唯有柯杨形只影单。同事们八卦，说柯杨妻子执意要他回家乡，柯杨不允，她便向柯杨提出离婚。柯杨舍不得妻女，还没来得及辞职，妻子便已经带女儿以迅雷不及掩耳之势远走澳大利亚。

他们说，柯杨妻子离开，必是另有原因。

几乎每个人都知道这件事，都以先知的口吻公开或私下谈论着两个人的绝对不长久，而柯杨，只是无一例外地沉默。

那一刻小浅觉得，柯杨跟自己一样是个孤独无助的孩子，需要人去保护去照顾，需要有人关心他。所以小浅就像柯杨的私人秘书一样跑前跑后，督促他按时吃饭，陪他度过沉闷的夜晚，花半天的时间为他煲一锅汤。

或许是柯杨不忍心她的付出，在小浅头晕到站立不稳的那天，把她带回他的住处照顾。床上，青花抱枕与一厚一薄两床青花被，便是柯杨所有的家当。夜寒，柯杨把厚被给小浅盖好，而自己和衣裹着薄被，在空调的暖意中蜷缩起身体。

后来，那些岁月静好的冬夜，青花被与抱枕，见证了他们彼此的柔与暖，那些青花图案，婉约成一朵朵悄然结子的莲蓬，静静低头，温暖，笃定，芳香。

如果日子太过平静安好，便会流逝太快。

其实小浅怎么会不记得，柯杨是有家室的人。可她还是放纵着自己的贪婪，流连一日是一日。直到那天，柯杨告知小浅，自己准备回老家等妻子，两年时间，妻子签证到期，应该会回来的。他说："有时候走了很远，忽然就会觉得累了，于是就想安定下来。我是，她亦然。找个疼你的人嫁了吧，小浅，你还小。"

小浅哭着说："我只是想陪在你身边，一个月也好，一天也好，或者，一个小时也好。其实你从没问我，我到底是为了什么……"

小浅花很长时间整理好自己的物品。临走她回头，终于把柯杨薄的青花被与青花抱枕一并打包装起——她想要两件代替柯杨陪伴自己的东西。

在后来漂泊不定的行程里，它们成为小浅唯一的感情寄托。小浅带着它

们，从南到北，从东到西，一个人漂了很久。她想知道柯杨说的到底是不是真的——走了很远，忽然就会觉得累了，就想心甘情愿安定下来。

小浅不知道，她离开的那个下午，柯杨一直呆坐，一言不发。

4

小浅醒来时，冬日温暖的阳光从窗帘未合拢的缝隙中挤进来，无论哪个角度，都有无限的静与美。曲云琪在门外静候多时，他仍然憨憨地笑："小浅，你最喜欢的紫薯粥，还热乎，快喝吧。"

小浅笑。突然没来由地问一句："曲云琪，有一天我累了想安定下来，你会娶我吗？"曲云琪激动地有点结巴："当然，当然。"接着又黯然，"小浅，你，别捉弄我。"

的确，无论曲云琪的粥多么糯多么香，都从未牵绊小浅的脚步。

一直到路过从前的城市。很意外地，听旧同事说，柯杨妻女归来，二宝已经出生。

小浅眼前，出现一幅和乐美满的图景。她不由自主坐上去柯杨老家的火车。可在车上，小浅忽然就觉得累了。她想起这次临行前，她头晕，曲云琪要她留下，她却执意离开。车站上，她发现自己羸弱地靠在曲云琪肩上，曲云琪发梢散发出的气味，让她突然有一种前所未有的安心。小浅想到此，心里一动，拿出手机，一字一字给曲云琪发短信：或者，这一次回了家，就不再出发了。

到站时，已经是夜。立于街头，寒冷凝重。

住下，青花薄被裹不住寒意，小浅一夜未眠。天将亮时，小浅改了主意。她把青花薄被打包，一笔一笔写一张干净的纸片：柯杨，谢谢你的被子陪我流浪这么久，我终于累了，想安定下来。抱枕，我留作纪念了。

其实小浅不知道，柯杨在接回妻女，在与妻女团聚，在二宝抱出产房时，所有经历家庭中重要事件时，都无一例外的，会在脑海中快速闪过小浅那张青春稚嫩的脸。

5

小浅回到自己的城市。

走出站台她松了一口气，下意识地摸出手机。手机寂静，她突然想起，似乎很久，曲云琪没有发来短信了。一直以来，曲云琪就像一粒微小的芥菜籽，从来不曾入得她的记忆，但这一刻，这粒微小的芥菜籽忽然随风旋进，扯起了小浅的思念。小浅突然觉得，他憨憨的笑，是她一生的珍贵。

下意识拨出曲云琪的电话号码。心里，竟生出些许忐忑。电话响了很久被接起，喧闹的声音通过听筒传过来。

“是我。回来了。你……在哪里？”小浅声音很轻。

“我在陪她逛商场呢。看看钻戒。交往三个多月了。”曲云琪的话贯穿成串，字字打到小浅心尖，一阵猛疼。

应该这样。能陪曲云琪的女子，应该是朴实诚恳、幸福如花与他细水长流的女子。小浅说：“曲云琪，办婚礼时，通知我。”

曲云琪说：“好。”

听得出电话那头他仍然憨憨地笑，但，执着的初衷已经改变了方向。曲云琪的手机挂掉，嘟嘟的忙音里，小浅身子一抖，泪便落了下来。

小浅为自己放了一个假。她不再出门，终日郁郁在家，仿佛失去了灵魂。假期很长，一直到江南4月，寒冬早已在指尖流逝，春花将谢，夏叶也青葱。

毫无征兆，小浅就收到一封信，来自柯杨的城市。凝神几分钟后开启，仅一页纸片，是柯杨的字迹。

“一直不知道你在哪里，其实就在我心底，陪伴我的呼吸。春暖花开了，小浅，旖旎忧伤的寒冬之后，会有安适灿烂的阳光盛开。”

小浅的眼泪砸落在那些字迹上，堙开大朵大朵的墨花。她站起身来，打开窗户，一抹煦暖的花香与阳光一道迎面扑来。

我们曾经那么不相信爱情了，曾经打算放弃了，然后突然爱情再次跑到了你的身边，你会不会觉得是春天跟你开了一个硕大的玩笑呢？

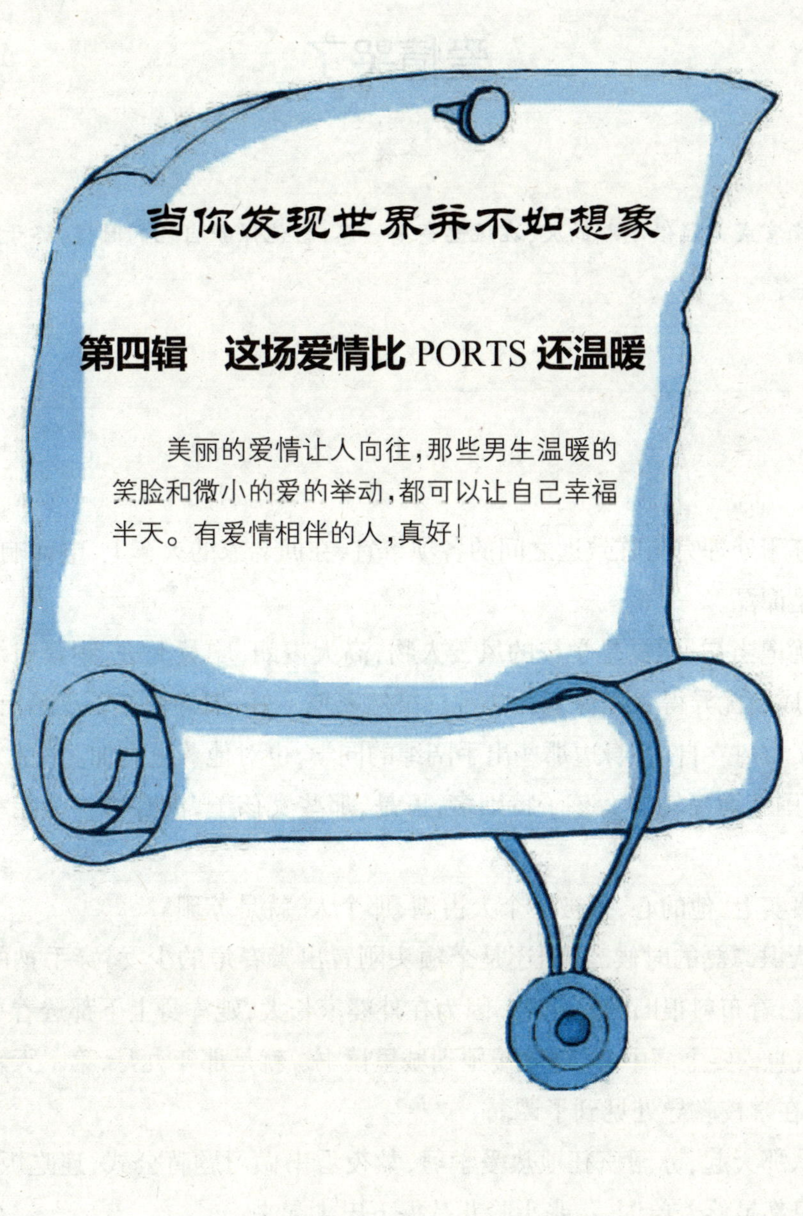

第四辑　这场爱情比 PORTS 还温暖

美丽的爱情让人向往，那些男生温暖的笑脸和微小的爱的举动，都可以让自己幸福半天。有爱情相伴的人，真好！

爱情哭了

冬凝

南宫成是羁傲不驯的火，在风里奄奄一息，当他保护自己的时候，终于连自己也失去了。

——张嘉佳

1

苏珊处理完与陈致远之间的各项事宜，在回老家的火车上，电话响起来。

是谭磊。

犹记当初，谭磊是学校的风云人物，高大俊朗，聪慧上进，频繁组织各项活动，成绩优异得令任课老师咋舌。虽然家境不好，但谭磊从不羡慕有钱人，他用实力树立自信，身边那些出手阔绰的同学，也对他尊重有加。最引人注意的是，围着谭磊转的女孩子特别多，可是，那些女孩子，没有哪一个能拿下谭磊的心。

事实上，他的心，只被一个人占满，那个人，就是苏珊。

认识谭磊的时候，苏珊还是个额头刚冒出青春痘的少女，穿手衲的千层底布鞋，着布料很旧的碎花裙。因为在外婆家长大，她浑身上下都透着那种乡土的气息。要上高中，父母才接她到城里读书。就是那年九月，第一天转学来的她，在学校教导处见到了谭磊。

从那天起，苏珊疯狂地热爱学习，熬夜看书做习题背公式，连吃饭，眼前的碗里都晃悠着单词，一张小脸儿熬得下巴尖起来。

这般努力，不过是为了与谭磊的差距小一点。她以他为榜样不懈努力，一

定要让自己跟他一样出众,才可以与他并驾齐驱。她未曾想过,自己所有的付出都是可有可无,其实,她早已得到谭磊的青睐。

谭磊牵起她的手, 不是因为她努力变成了一个白天鹅一样耀眼的姑娘。从他认识她那天起,只要她的目光落在他的脸上,他必定回她一个灿若阳光的微笑。后来,谭磊喜欢捏着苏珊翘起的小鼻子,宠溺地说:“年少时最爱你灵眸流盼,现在忘不掉你眼底掩藏的万千爱怨。你看你的眼睛,清新地,就像清晨摇曳在叶子上的露珠。”

想到这里,苏珊才回神按下接听键。

谭磊的声音有些沙哑:“苏珊,筹到一些钱,不多,先给你。我还在想办法。”

苏珊忍不住地心口悸疼,久没有答话,然后,挂掉。

2

苏珊决定随陈致伟远走时,离她与谭磊定下的婚期还有三个月。

到那时,与谭磊相识,已经九年的时光。彼时,两个人用尽心思,像蚂蚁搬家一样一件一件置办起来的爱巢也变得无足轻重, 没有什么能唤回苏珊的心。

陈致伟出现在他们生活中已多时,这个男人年岁稍大,相貌平常,个头不高,可是,他一块不起眼的腕表,也够刚刚创业的谭磊辛苦一两年,身上一件西服,能换了苏珊与谭磊两人加起来的行头,身边泊着的白色宝马,恰是苏珊喜欢的一款——苏珊想起,直到如今,自己父亲依然骑着破旧的自行车,想起凑齐房款时,谭磊母亲的面有难色。

爱情算什么?都是一辈子,日子最重要。

苏珊自小家境寻常,近年因母亲患病愈显窘迫,所以,对生活的愿望越发现实。爱情既然不能当饭吃,即使不能大富大贵,苏珊亦希望小富即安。

而谭磊,虽是现时的绩优股,但江湖险恶,毕竟还有很长一段路要走。但透过陈致伟,则幸福触手可及,那么真实那么诱人,何不拥进怀里?

只差一点爱情。可苏珊一直以为,爱情这东西,只要你情我愿,慢慢就会有了。

她没有跟谭磊解释什么。心底里,苏珊羞于自己傍了大款,却去意已决。谭磊知她性情,知道没有挽回之由,只是沉默,浅浅地拥抱,在她耳后梦呓般地呢喃:“苏珊,你好,我心就安,不好,也不怕,要记得,这里,有我。”

苏珊的心,温暖了一下,又黯然了一下。仍是潇洒转身,从谭磊的生活里消失的无影无踪。

3

最初也有段简单的好时光。苏珊给陈致伟做好吃的,熨烫他的每一件衣物,细致入微地照顾陈致伟的起居。她恨不得榨干了自己来对他,因为她总是诚惶诚恐,有些心虚,觉得自己需在日后漫长的日子里依附他。

其实那时,表面看起来一切都是自然的,郎才女貌,男欢女爱……却,这样的日子也很快很容易地平淡下来,也许,是因为各自拿不出内心的真爱。陈致伟回家的时间越来越晚,似乎有着永远加不完的班,见不完的客户,签不完的合同。

陈致伟无端挑剔,他们开始了一场又一场的争执,从争吵到冷战,原来两个人从熟悉到陌生的距离,竟然这样短。苏珊积郁成疾,查体时,意外得知,她竟患了一种少见的妇科疾病,如不医治,生育的几率几乎是零。

陈致伟拿着医院的诊断书,闭口不言治疗事宜,一张脸阴沉到铁一样的颜色。

自此,陈致伟经常夜不归宿,衣服上带着不同的脂粉香,也难得在家吃一顿饭。那天,她沏一杯清茶递过去,他一甩手,推开了她。那种冰冷与不屑,让苏珊蚀骨地疼痛。苏珊明白,陈致伟,已经离自己很远了。

是的,陈致伟摆出了放弃的姿态。

4

心不在焉地上街溜达，直直地撞上迎面而来的电动车。伤势不算重，脚踝却也乌青着肿起来。好心的司机连连道歉，把她送到医院。

陈致伟连电话都不肯打一个。苏珊的心缺着口，凄凄地晾晒在那里。

是躺在病床疗伤的时候想起谭磊的。她记起谭磊对她深入肌理的好，想起他对她的温存爱意，想起最后分别时谭磊的话。苏珊眼睛一热，瞬间模糊起来，那些爱的暖，真的久违了。

苏珊的心，喧哗着，竟活泼泼地动起来。

打电话的时候，是一个中午。她想要对谭磊说很多话，她想到电话对面谭磊会有的惊讶和心疼，她甚至做好了让时光逆转，回到谭磊身边的准备。可是，当谭磊温暖的声音传来时，苏珊突然间泣不成声，起初准备好的一句你好，已经说不出来。

谭磊安静地听着，在电话里问一句："是苏珊吗？"

苏珊心里，一塌糊涂地沉陷，他知道是她。她哽咽了好久，觉得自己软弱到极致，再也撑不了一时半刻，就似流浪久了，找到家一样的瞬间虚脱。她极自然地，如从前一样娇嗔和委屈："我想你了，想，我们的家。"

"家？"苏珊明明白白地感觉到，谭磊愣怔了一下。

电话里，传来婴儿的咿呀声，苏珊心一紧，本能地问："谁家小孩儿？"

谭磊沉默了一会儿，答非所问："你走后，我辞了职，现在在北京。"

一种寒意自内心深处透出来。苏珊"哇"一声哭出来。"谭磊你骗我，你说过要我记得你的，你怎么能这样，短短三年你都不肯等我，你怎么能这么快娶妻生子，谭磊你说过我好你心才安的。"

苏珊嘎地一下止住哭声，她突然明白，如果不是陈致伟，应该说如果不是她心猿意马，他们现在还会是幸福的一对儿，可是世间没有那么多如果，是她先执意放手，是她咎由自取，她已经永远失去了谭磊。

"对不起，我，我以为，你还没有……。对不起，我，我……"惶惑间，她不知道再说什么以收场。

谭磊急切追问:“苏珊,为什么?陈致伟,他?”

苏珊慌乱地掩饰:“我很好,他,生意……”

“需要钱吗?别着急,苏珊,”谭磊说:“你等我电话。”

的确,谭磊并没有像苏珊想象的那样,一直站在原地等她。

那年苏珊转身,在她气息犹存的地方,谭磊不知道自己应该怎样走下去。对于谭磊,苏珊是他心间刻骨铭心的痛。一段时间后,他离开了那里,在北京,一个陌生的地方开始创业,很快,与一个善良的女孩成了家。

5

火车路过陌生的站台,苏珊看见一个男孩,亲热地拥着他的小女友。多像当年刚刚相爱的他们。她在车窗里面看着他们甜蜜恩爱的模样,心被狠狠地撞了一下。

电话再响,仍是谭磊,说话的,却是温软的女人。

“小妹,从前谭磊跟我说过你,我知道你的。这钱,是我们一点积蓄,先给你救急,谭磊公司刚刚运转,用房子贷款,还要几天才有结果,把你的账号给我……”

苏珊一下子哽咽。“姐姐,已经有了转机,你们的情谊,我谢了。”她再也说不出什么,说什么都显得单薄。此刻,隔着女人的一番心意,苏珊看到的,是谭磊亮晶晶的眼神,那眼神里,几分情谊,几分怜惜,几分爱意……几分彼几分此,都让苏珊这一生想起来就疼痛不已。

纵然疼痛,苏珊亦回不了头了。只因,被他爱,已然错过,而被他忘记,她亦不配了。爱情已凋零,再无花期。

苏珊哭了。

爱情哭了。

其实,不管是谁放弃谁,都是有道理的,那些被爱情划过的伤,总要有距离才会愈合。

这场爱情比 PORTS 还温暖

邹华卫

在爱情里，坚贞是假相，誓言是应景，生活是改变，统统在永远之前就有了结局。

——张嘉佳

暗恋与 PORTS

李筱音喜欢高俊，喜欢很久了。

高俊是李筱音的同事，有高而挺直的鼻梁，沉静睿智的眼神，并且，他还是李筱音最着迷的那种，能把白衬衣穿得极干净的男生。

每天上班等电梯，李筱音都是一边搓手取暖，一边张望着。通常，高俊会比她晚到一点。当高俊慢慢走过来，李筱音会跟他打一个招呼，彼此心有灵犀地一笑。其实他们早就认识，但之间的关系，却始终停留在淡淡一笑的适度。

李筱音说不清自己怎样沉陷到这场暗恋里，她不敢说出来，更不敢付诸行动去追求。原因嘛，是因为李筱音觉得自己不够漂亮，她自认为是扔到人堆就会消失的那

种女孩，怎么有资格有胆量去追一个男生呢，况且，还是一位优秀的男生。

不过，李筱音没有办法说服自己，也只能兀自喜欢下去。她觉得自己挺矫情挺小资，着迷的男生跟喜欢的 PORTS 羽绒服，都是同样的可望而不可及。

威海的冬天很冷很潮，瘦瘦的李筱音怎么穿都觉得冷，晚上睡觉，铺着电热毯再搂着热宝，才会有一点不会冻死的安全感。李筱音羡慕同事身上厚厚的 PORTS 羽绒服，那么漂亮的衣服，就连看上去，都有月光般的轻柔和温暖，真让人心动。

其实她也早就看上 PORTS 家一款中长的双面穿羽绒服。可调节的领子，松紧腰身，小小的抹圆衣角，每一个细节都堪称完美。颜色也让人中意，一面宝蓝，高雅清丽，一面深灰，低调干练。

她去专柜试过，穿上去，又轻又暖，连心情都不一样了。可是价钱也让人咋舌呀，李筱音在导购小姐期盼的目光下，微微笑着把衣服脱下来，那样子，颇有大将风范，好像是随便看看，随时会买。没钱是没钱，她绝不露怯。

李筱音也看过淘宝的高仿款，不过三四百块钱的样子。可是李筱音一个月的生活费只有一千多块，她想，宁缺勿滥是一种态度，才不要义乌生产出来的盗版货。

而对待高俊，李筱音的态度也是一样，宁缺勿滥，就这么暗自爱着吧，说不定哪天机会来了，那就对他表白。她甚至一万次设想自己的表白方式：给高俊发一条短信，只有五个字：说你爱我吧。如果高俊懂得最好，如果他不能领会，那么就接着发下一条：陈淑桦的这首歌你听过吗？

李筱音泪点低，为自己的聪明感动到想哭。她想，如果高俊不能领会，与她失之交臂，那才是他真正的损失。

冷到想哭的节奏

威海的冬天冷是冷，可即便没有 PORTS 的温暖，挺一挺也过得去。春天来的时候，李筱音发现，自己喜欢的那件 PORTS 还落寞地挂在专柜里。

当然,李筱音没有太多时间思考它,单位的事情又忙又乱,真叫一个烦。

初秋,李筱音得到一个去泰安考察学习的机会,一行六人,高俊带队。李筱音暗自欢喜,她多么希望会有一个机会,能和高俊的关系有一个质的飞跃。可是很遗憾,如此近距离的接触,只给李筱音一种直觉,高俊已经有了喜欢的人,那个人,不是她。

学习结束,第二天上午的回程车票,同事们犹豫,要不要爬泰山。这个想法最终被否决掉,已经黄昏了,登顶要下半夜,还是放弃吧。

李筱音没言语。她心里堵得难受,生性又不是悲悲戚戚的女子,想来想去,决定上山。她要用一次强体力的活动来埋葬伤心。

趁大家不注意,李筱音跑了出去。也不听山脚店铺里店主的好心,执意在黄昏中,沿着红门开始向上走。

大概半个小时后,两旁的山谷和树木瞬间沉寂在黑暗中时,李筱音恐慌起来。夜风袭来,李筱音因为寒冷而微微颤抖,她站在那里,进退维谷,忽然,一束灯光在身后闪过,随之是清晰的脚步和一个熟悉而急切的声音:"筱音吗?"

如落水遇见浮木。

是高俊!李筱音激动得说不出话来。高俊嗔怪李筱音擅自行动,李筱音便把溢出的泪水一点一点逼退。高俊是领队,自己,就不要多情了。

可高俊还是陪她上了山。

山风逼人,李筱音没话找话:"你穿衣服会在乎品牌吗?"

"品质如果高百分之十,价格就高百分之五十。我总以为品牌的性价比比较低啊。"高俊是学经济的,回答得很专业。

“可是,我还是喜欢品牌的东西,比如,PORTS 有一款羽绒服。我冬天看上的,没舍得买。到山顶估计会很冷,用得上羽绒服。”

高俊笑了:“肯定冷。可以租大衣。你们女生,就喜欢为施华洛的假水晶买单。我有个朋友,买了件 PORTS 的夏衣,花了两千多,一点也不好看,穿一次就不穿了,送人都没人要!”

李筱音抿了抿唇。这个朋友,该是他喜欢的女孩吧。她低低地咕哝:“送我我肯定要,她穿多大码?不要,就送我好了。”李筱音想,爱情和衣服一样吧,有的人不喜欢,有的人执着地喜欢,如果有一天,高俊被丢掉了,她一定会不顾一切地捡回来,当作至宝。

途中,高俊很自然地照顾李筱音,陡峭的十八盘,高俊牵住了李筱音的手。高俊的掌心很暖,李筱音感觉得到他手指骨骼的清晰,她很享受,多么想可以一直这样牵手走下去。之后,李筱音便开始体力不支,累得说不出话,几乎要全部依靠高俊的力量。

高俊笑语:“就这点体力?说说,是什么力量蛊惑你一个人夜闯泰山的?”

李筱音不语。她想哭,却用力忍着,只是一块接一块接过高俊递过来的巧克力。

到达顶峰的时候已经凌晨三点,高海拔的山峰寒冷逼仄,高俊租来两件大衣。可是里面的衣服被汗浸透,裹着大衣也还是寒冷,李筱音没来由地想起专卖店那件 PORTS 羽绒服,再看看身边貌似有女友的高俊,又失落又伤心,终于泪如雨下。

高俊莫名其妙又手足无措,“怎么了,怎么了?”

李筱音哭得抽泣起来,“太冷了,我在想那件,PORTS 的羽绒服。”

高俊叹了口气,伸出手臂,把李筱音裹在了自己怀里。

比 PORTS 更靠谱

李筱音把高俊的怀抱解释为无关爱情,只关温暖,所以他们的关系仍旧

回到从前的样子。

元旦时京东家搞活动，李筱音囤购生活用品，快递收到手软。接到电话，她仍然习惯性地说，快递帮我放到收发室吧。对面的人沉默了一会儿，说："我是高俊啊。"

高俊问李筱音："你要什么生日礼物？"

李筱音惊讶，"你怎么知道我的生日？"

"那次学习，你资料上填着啊。一月十八日。"

李筱音的生日不是一月十八日，那是身份证上的日子，她习惯过农历生日，农历的十二月初二，已经过去很多天了。可是，可是，李筱音小私心地想，如果说出真相，恐怕，他就不会送自己礼物了吧。

李筱音说："青岛路那边有个精品店，你陪我去看看？"

其实，李筱音真正想要的，是让高俊陪自己在青岛路上走一段啊。李筱音不止一次地从那条路上走过，高大繁茂的银杏树婆娑着，阳光透过叶子，落下无数圆圆的闪亮的光斑，跳跃着，灵动着，让人禁不住心生欢喜。李筱音总会憧憬，这条路，多么适合和一个人牵手一起走啊，希望有一天，会与高俊一起，到这里走一程。

刚刚来了寒流，空气冷而清，俨然是冬天的味道。银杏树上已经光秃秃的，透过灰白色的枝枝丫丫，天蓝得不像样子。

李筱音跟高俊一起默默地走，她有一种奇怪的感觉，觉得即使一句话也不说，高俊也知道她心里在想着什么。李筱音的脸红了起来，她希望他知道，又怕他知道，她想跟他说点什么，又不知道该说什么。看着眼前的路越来越短，李筱音暗暗下定决心，等走到尽头，就握住高俊的手，不说什么，也不做什么，只是让他感受一下她手心的温度，之后不论怎样，至少这一秒，她拥有了高俊。

但是，李筱音终于没有。她不敢。她怕惊扰到他，之后连这一刻的欢喜都不会再拥有，她怕他投以惊诧的眼神，怕他对她残酷地证实：对不起，我已经有了女朋友。李筱音不知不觉放慢脚步，终于在看到尽头时，绝望到轻轻哽咽。

“怎么,又冷了?还是,想那件 PORTS 羽绒服?”

高俊微笑着,伸手环住她,紧紧把她环进怀里,柔声说:“筱音,让我温暖你吧,我会比 PORTS 羽绒服更靠谱。还有,有句话,我在心里温习太久了,上次错过了,今天,我可务必要说出来。”高俊顿了顿,拥着她的双臂更加有力,“筱音,说你爱我好不好?”

那一瞬,世界仿佛都为李筱音停了下来,空气温柔得像在夕阳里舒展开的云朵。

回时,恰遇快递小哥送来一个她未曾下单的包裹,打开,是那件喜欢的 PORTS 羽绒服。天气应景地下起雪,不大,却白茫茫地冷着。高俊含笑帮雀跃的李筱音穿上,把她包裹得严严实实,可李筱音的感觉既明朗又清晰,给她温暖和安全感的,哪里是 PORTS,那分明是高俊眼里盈盈满满的爱意啊。

美丽的爱情让人向往,那些男生温暖的笑脸和微小的爱的举动,都可以让自己幸福半天。有爱情相伴的人,真好!

油腻男与素心女的幸福软着陆

邹华卫

能够让人从癫狂中沉静，从暴戾中平和的力量，就是所谓的爱情吧。

——独木舟

素心女的安全距离

曾平之前，相处半年的男人企图拥抱我，得到我毫不思索的一耳光，就因为觉得恶心。或许是我有点变态，可只要想到那些泥巴做的男人与我有一点亲密举动，我心里就有无比的抵触。

勉强可以接受曾平。曾平穿白净的衬衣，是英俊清爽的白领男。唯一的缺陷，是他离我所在的城市有两个小时的车程，将来结婚，照顾我多病的父母恐怕不很方便。但他有房有车，相比之下，我算比较满意。

不过对曾平最满意的还是他与我相处的方式，不粘不稠，若即若离，相处八个月也只是牵牵手，正是我适应的距离。

闺蜜告诫我："啥？两次见面还是你去找他？这人绝对不靠谱儿。"

我微微一笑不做深究，曾平每天与我有十分钟电话交流，我要上班要学习要休息，我能分给他的时间，也绝不多于十分钟。

没别的，我是素心女，他为寡淡男，如此，正合我的心意。

在谢大远出现之前，我已经默认与曾平的感情了。

油腻男来袭

谢大远是闺蜜的同学。

闺蜜约我参加户外活动,不曾说要露宿。夜幕降临,我身无着落之时,谢大远取出帐篷以及我需要的所有装备隆重救急,闺蜜当着谢大远的面儿霸道地做我的主:"小莫你花点时间塑造一下谢大远。"

于是,谢大远看我的时候,那张大胖脸上的笑意就一次比一次深。

可这厮,身高体壮,敦实厚重,脸上茂盛地生长着光闪闪的痘痘,让人一看便生出油腻腻的感觉。

闺蜜提出混账,意即:男女混住一个帐篷。被我否决。在我的坚持之下,我与闺蜜同宿,谢大远与一干男生也在海滩安营扎寨。

我梦见夏威夷海滩,穿比基尼的我躺在橡皮筏上随波逐浪,突然有个男人的声音在我耳边极尽温柔,是谢大远。

我"啊"一声尖叫醒来,竟然真的看见谢大远那张胖脸。惊恐万分,刚欲再喊,却见谢大远站在及踝的海水中,一边拉着湿漉漉的我,一边手忙脚乱地收拾东西。原来我们低估了涨潮的威力,营地没选好。

谢大远哈哈大笑像个恶作剧得逞的小孩,看我的眼神又满含了爱护与关切,那样子让我心无顾忌地生起对他的柔软,觉得他一声召唤,我就会为他长出飞翔的翅膀。

这是与诸多男人相处从未有过的感觉。包括曾平。

大家拾掇好狼藉,疲惫之下,谢大远胖大的身体"通"一下拍倒在海滩上。沙子被砸得飞溅,我仿佛看到他笨重的身体压在弹簧床上,床上下颤动,仿佛电影里香艳的场景。

崩溃,他就是我无法接受的那种烂泥巴做的油腻男。

只是缺少真爱

可谢大远从那晚开始,便一本正经以恋人的身份出现在我生活中。

他隔三岔五傻笑着把他油腻腻的一堆儿送来，不光送来他自己，还送来粘乎乎的情话儿，精巧的小礼品，送来活色生香的零食与菜肴。

谢大远与曾平的不同在于，他们各居南北，与我的直线距离相差无几，但曾平因为远，相识八个月未曾造访我，而在谢大远眼里，我们之间没有距离。并且，他不来的日子，稍有闲暇便Q上问候，油嘴滑舌，腻腻歪歪。

我发过去一个疲累的图片言说我的状态，谢大远当即回一个哭脸表示同情，我硬邦邦地告诫他："男人心软不是好事。"谢大远迅速回："再坚硬的男人，都会为最喜欢的女人在心里留一块儿最柔软的地方。"

我无语。

与曾平说话必须说白，否则他不懂。而与谢大远不必，他能精准地理解我话里的意思。心有灵犀的感觉，让我喜欢。

谢大远是个搞笑天才，我以为无法接受他的聒噪，却还是在他惟妙惟肖的耍宝之下笑得花枝乱颤。每当这时我都会想，我还是原来那个素心传统女？不过，谢大远能把不苟言笑的我逗得笑成这样，也算本事了。

海边一见之后才一个月，谢大远便无视我的警告拥抱了我。陷在他粗大的胳膊肉乎乎的肩膀厚实的胸膛之中，明明感觉油腻到遗憾，却没有拒绝也没有给他耳光。只是，与曾平尚未结束的感情适时浮出，让我自我检讨了一小下。

原来我并没有变态，只是缺少真爱。

油腻男落败

还是与谢大远分手了。

因为谢大远只是个普通商人，房是经适房，车是二手车，开个不咸不淡的劳保用品店，父母在乡下，没有退休工资，没有医疗保障，种地喂猪讨生活。

而曾平，父亲是税务局前任科长，母亲是医院前妇科主任，最不济的他，也在一国企财务部，家里有房有车，小富即安，长相有型有款，干净利落。与曾平相比，谢大远黯淡无光。

说实在的，如果不是曾平亮闪闪的附加条件以及他干净清爽的外形，我或者会屈从于谢大远的油腻，我可以对自己说，我要找个放我在心上的对象而不能以貌取人。可是权衡之下我无法释然，除了外表我无法接受，且结婚以后，众姐妹一起八婆的时候，又让我如何开口？

别说我物质。谁又不物质？不过有隐约含蓄的，有磊落光明的。小女子我无帮无靠且父母多病，还是要努力抓住一个增加自己幸福筹码的机会。

与谢大远说分手，我问他："你还会想我吗？"

他表情凝重："你吃素菜喝矿泉水，牛奶都不肯沾边，唉，太单薄又太单纯。所以，我担心你也会祝福你。"

这话令我心碎。

爱情两个字在我心底挣扎，我还是用油腻做籍口，拼尽全身力气，把它按下去。

让人纠结的距离

又回到与曾平每日十分钟的电话爱情。

曾平去日本旅游，快递发来带给我的礼物。满怀惊喜地打开，竟是两盒饼干。曾平说："我周围的美女人人有份，每人两盒。"

我能感觉到我脸上的笑，像失彩的油画，一点点被擦了去。

我说曾平咱聚聚吧。曾平仍然说："等我忙完就过去。"

他都忙了八个月了，从来也没忙完。相比起来，我永远是闲人。好吧，我去。

那天天气并不晴朗，我的心也很忧郁，说了几句话，曾平的回答都不是我想要的，他说的话我又不感兴趣，便不再搭腔。

两个人在一起，应该有唱有和，如果一个人在表演，另一个人不心动，是不是挺没意思？

我们沉默着走了很长的路。曾平仍如从前，连勾我的手指都不曾增加一点力度。后来我问他在想什么，曾平说："是不是考虑见一下双方父母？"

我突然害怕，如果两个人几十年就这样沉默度过，那我婚姻里的光阴该有多么难捱。

曾平说："我们离得远，了解少，可是你放心，房子和车，可以加上你的名字。我辛苦打拼，挣来钱都给你。"

我被侮辱一样连连摇头。我用婚姻换房子换车？我想要的是感觉，就是曾平你把我放在心上的那种感觉啊！

侧身看他，干净清爽，挺拔俊美，真的是我喜欢的型男，可我的心还是渐渐缩成一只失水的核桃。无比纠结，曾平的外在条件与谢大远的心有灵犀，我究竟要哪一个？

回家，我趴在沙发上号啕大哭。如果曾平心里有我，为什么我感觉不到，可如果他不在乎我，我为什么要和他约会想与他结婚呢？

素心女的爱情标准

我爸颌下长一个囊肿，疑似先前的恶疾转移。我哭着在Q里写说说：又一场生死较量。

给曾平打电话，我啜泣着说明事情的严重性，明日手术，术后做病理，希望是虚惊一场，如果，如果……

我说不下去了。曾平沉默半晌，安慰我："小莫别哭，我二十四小时开机，如果你需要，我就赶过去。"

装好手机，便发现睡在医院门诊大厅的谢大远。他疲惫地蜷在蓝色的椅子上，那么一大砣横肉，占去两个人的空间。

把他弄醒，他满眼惺忪："啥时手术？"

我心里突然有了支撑。问他："你啥时候来的？来干啥？"

"来陪你。连夜启程。"谢大远很干脆。

我又感动又诧异："怎么知道我在这儿？"

"你以前说过你爸的病。生死较量嘛，肯定出大事了。"谢大远的胖脸严肃而认真。这当口，爱情两个字，迫不及待地逃脱束缚从我心底跳了出来。我想哭。

毫无留恋地与曾平说分手，心也由此变得轻盈。我听见我的爱情在呼唤：去他的条件！

半个月后，我爸出院，有惊无险。谢大远开着他的二手车，把我爸接回了家。

那天晚上，谢大远很认真地吻我，我惊讶自己一向传统一惯素心，竟然投入接受了与这油腻男的近距离接触所带来的甜蜜。聪明如我其实早就参透，对爱情的肢体表达真的没有什么标准，只是听从内心的声音而已。

有时候出卖自己的不光是眼睛，还有，还有爱的回应。难道不是吗，当一个人进入你生命中的时候，你是有感觉的，然后你就默许了这种关系。

被狼外婆声音剐过的青春

雨街

后来我知道了，没有自我的人，走到哪里都找不到自我。而孤独的人，无论在谁身旁，都还是一样孤独。

——独木舟

1

十六岁那年，学校出台了一项很不人道的规定：论成绩分班，一班最好，二班次之，三班更差，以此类推。全年级一共八个班，我在八班，可以想象我是什么样的成绩。

我喜欢在课间的时候遛到一班门口，探进头去，看那些品学兼优、利用十分钟课间苦背英语单词或者文言诗词的人。那一群人里，有向阳光。我和向阳光曾经同班，我坐在他的后排，一遍遍地问他牛顿到底是人还是力学单位，他从来不嫌弃我麻烦或者无知，一点一点给我解释这些无聊的问题。

可是分班了。

我眼睁睁地看着向阳光，消失在视野里，在心里，一千次，一万次地呼唤他的名字，却看不到他回头一次。

2

我拿着一大包花花绿绿的"好多鱼",走进一班教室,大声喊着向阳光的名字,把"好多鱼"塞给他,他推辞着不要,就有一双手抢过了那包好吃的零食。我看到一个胖胖的女人,烫着狮子一样的卷发,也不打理,干巴巴地做出怒发冲冠的样子。这个女人,是一班班主任,传说中的"狼外婆",对待学生刚柔并济内外兼修,多调皮的学生,在她手下也是残兵败将,所以她的大名令学生闻风丧胆,令学校领导拍手称赞。

"林若蕾,一班是你来的地方吗?最差的八班里,最差的学生,总来一班干什么?"她刻薄无比地指点着我年轻的脸。

血往头上撞,我昂起头:"我为什么不能来一班?一班又不是你们家!"

"一班就是我的家,你这样的学生,劣行全校闻名,你来一班,会一粒老鼠屎坏了满锅粥。"我的反抗,激起她更大的愤怒,于是她开始攻击我的行为,否定我的人品。

全班哑然,向阳光更是没有了一点阳光。

我站在那里,脚想离开,大脑却命令它必须站稳:在向阳光面前,我还想要一点尊严。我固执地对视着狼外婆:"人人平等,哪条校规写着八班的学生,会脏了一班的地?你这是人格歧视,我要到教育局投诉你。"

"向阳光,她是来找你的,你负责把她清除出去,如果她再来,你和她一起消失。"狼外婆被我气得发飙,却没有办法,于是,她选择了向阳光这个软柿子。

3

“向阳光，我不是老鼠屎，这样没素质的老师，不要跟她了。”我充满信心地看着向阳光，年轻的心里极度企盼，自己就是那个令向阳光冲冠一怒为红颜的红颜。

狼外婆用手指点着我，哆哆嗦嗦地说：“向阳光，如果你不把你招来的害群之马清除，你立刻离开。”

我瞪着明亮的大眼睛，看着向阳光：向阳光，向阳光，你英勇一点，和我一起离开，我发誓我会一辈子为你当牛做马为奴为婢。我几乎要双手合十虔诚祈祷了。

可是，向阳光，咽了几口唾沫，喉结颤动了几下，小声而清晰地说：“林若蕾，请你不要在一班捣乱了，以后再也不要来找我了。”

我冰冻在一班庄严漂亮的大教室里。

“同学们检查一下自己的物品，看看有没有丢失的，以后不允许结交乱七八糟的朋友。”狼外婆在我还没走出一班教室时，这样说。

我站在一班的教室门口，有大片的阳光照着我，却照出了一地悲凉的阴影。林若蕾，你不就是打过一次架，交过两次白卷，抽过三支烟，喝过四瓶啤酒吗？为什么，会成为老鼠屎害群马小毛贼这样的众矢之的呢？狼外婆充满偏见的声音，给我加上了无数的“莫须有”，仅仅因为，我是差生。

差生，就注定万劫不复，没有骄傲，没有尊严。

这不公平。我要反抗，我要反抗狼外婆的噪音。

如何反抗？

不成佛，便成魔。

4

我的犯错几率在成倍增长：冒天下之大不韪，私自拉了照明线，被值班老师逮个正着；午休时间，忽视校规中“午休不睡觉也必须闭目养神”的滑稽规定，独自跑到大操场上遛弯，被班主任抓到，罚绕操场跑十圈；课外自由活动时，居然过度自由，跑到网吧逍遥……公示栏上，一条条罪过，像一条条伤疤，爬过我年轻叛逆的心灵。

但是，我真正成为万众瞩目的焦点，是在期终考试之后——我考了八班第一名，全年级第十名，也就是说，所谓的全校最好的班，所谓的高手云集的一班，有四十个同学被我甩在身后。

没有人相信这个事实。

一群人，围住我，软硬兼施，想要拷问一个真相出来。

“凭这个成绩，我要被破格提拔到一班，这是学校当初分班时说的，鼓励我们差班的孩子要努力，告诉我们还有机会，现在我的机会来了。”我站在校长面前，不告诉他们真相，只是想要一个结果：我要进一班。“这个成绩不能算数，她重新考一次，我找题目，我监考，考好了，我就允许她进一班。”狼外婆说得讽刺，仿佛我注定了进不了一班。

我不说话，林若蕾，怎么做，你都注定万劫不复。

一张张试卷摆在面前，我提起笔，像提起一桶铅毒。

即使时间在这一刻凝固，我的笔也不会停下，那些所谓的高深科目，我做起来游刃有余。

所有的人都惊呆了，四个老师，给我一个人监考，我考出了一份完美的成绩。

“既然这样，我同意她去一班，只是不可以这样胆大妄为了。”狼外婆艰难无比地答应了，我含泪而笑，死死盯着狼外婆：你放心，我不去一班，我会永远留在八班。我不是最差的学生，八班也不是最差的班。我只是想证明这点。

5

那一年，十六岁的我，成为了学校的一个奇迹，无数的人都在谈论我骄人

的成绩。但是，没人知道，一个学习成绩很差的女孩，像垃圾一样，被暗恋的男生在众目睽睽之下，从教室里，从心里驱逐出来的痛苦；也没人知道，那个女孩，私拉照明线，是为了挑灯夜读；午休时去操场是为了背诵枯燥的古文；翻墙去网吧，是用省下早点钱做网费，在嘈杂的网吧里，用超常的定力拒绝游戏与QQ的诱惑，在各个免费或者收费的网校里，听落下的一门门功课，也没人知道，若干年后，女孩读疯狂李阳的故事，读到泪流满面，只有女孩能体味那类似的艰辛，从对知识的一无所知，跨越到轻车熟路，这一路洒下的汗水与泪水，能汇成一条深邃的河。

更没有人知道，被狼外婆声音剐过的青春，所有的骄傲与尊严，都被伤害殆尽，无论有怎样的良药，一直是无法愈合的疤痕，成为女孩无奈并疼痛的前进动力。

每个人都有一段黑暗的路要走，那是一段咬牙坚持而且沉闷的路，走出来，然后就哭了。

爱就是这样一路走过来

季锦

爱对了人固然是运气，若是爱错了，那也叫青春。

——独木舟

他们相识相恋于人生最美好的年华。

彼时，对方在彼此的心里完美得没有一点瑕疵。他俊朗，她秀美，他体贴，她温柔。他们爱得那样的热烈而又真挚，尽管双方的家人都不赞同，他们还是冲破重重阻力走到了一起。

有爱的日子是甜蜜的，真的是看水水清，闻花花香，每个天都洒满阳光。原来，爱情足以让整个世界芬芳。

然而，随着孩子的出生，生活琐事的增多，激情开始慢慢褪色，日子也开始过得不咸不淡，不温不火，随之而来的还有矛盾和分歧。他们开始争吵，互相指责，她嫌他挣钱太少，不够养家，他说她大手大脚，不会理财，一丁点儿的小事都可以闹得鸡飞狗跳。他没有了原来的体贴，她也丢失了曾经的温柔。

此时，在彼此眼里，一个变得不可理喻，一个变得庸俗不堪。很多次，两个人甚至都动过离婚的念头，可终是不舍。

就这样打打闹闹了十多年，转眼两人已奔不惑。他不再俊朗，昔日英气

的脸上布满沧桑，她也不再青春，浅浅淡淡的皱纹开始悄悄爬上额头。不知是被岁月磨平了棱角，还是两个人已经过了最尖锐的磨合期，总之，他们的争吵日渐减少。每次看他为家辛苦打拼，累死累活，她的心里就会升起一丝疼惜。每天看她为家日夜操劳，憔悴不堪，他眼里也多了一份温柔。

她想，他是不够能耐，没能给她大富大贵的生活，可他始终背负着家的责任，给了她和孩子一份坚实的依靠，跟了这样的男人，她不后悔；他想，她是不够贤惠，没能把家理得井井有条，但一直尽心尽力为他养儿育女，赡养爹娘，给了他一个温暖的家，娶了这样的女人，他该知足。

于是，她在不知不觉中减少了自己的唠叨，他也在无意识中收起了自己的指责。

日子还是在不咸不淡中走过，可他们却觉得自己的心情轻快了许多。他想，这就是平淡中的幸福吧；她想，这就是惜福后的知足吧。他们不约而同地收起了对对方的苛刻，多了份迁就与包容。不知怎么的，日子变得鲜活起来。他们又像刚恋爱时那样，话多了起来，情浓了起来。随后的岁月里，他们彼此疼惜，又重拾昔日的幸福。

就这样，二十几年光阴一晃而过。他们也到了花甲之年，满头华发，步履蹒跚。如今，儿女成家，父母仙逝，该尽的责任和义务他们都已经圆满完成，只待享受自己幸福的晚年。她报了老年舞蹈兴趣班，每天随着优美的音乐舞出对生活的热情；他则重拾了少年时期的绘画梦想，每天跟着自己的感觉尽兴涂鸦。

闲暇时，他们就坐在一起说些陈芝麻烂谷子的事，那些记忆的碎片却幸福着他们如今的每一个日子，就连年轻时的打闹，而今忆起来都觉得温馨无比。他纳闷，这么好的女人，自己当初怎么犯浑舍得跟她吵架？她也纳闷，这么好的男人,自己当初怎么犯傻对他嫌这嫌那?

很多次,望着她满脸的皱纹,他说:“这辈子跟了我,让你受委屈了。”而每次她都笑着摇摇头,一如既往地回答:“下辈子,我们还做爱人!”而后,两个人相视而笑,眼睛里流露出的爱,绝对不减当年。

婚姻就是这么一路走来,爱也是这样的一路走来。从热恋到平淡,再从抱怨到惜福,历经漫长的一生,难免有磕磕碰碰,矛盾分歧。举案齐眉,相敬如宾的爱情固然令人神往,风雨同舟,患难与共的相伴岂不是更令人刻骨铭心?每一对夫妻都是上天早已安排好的绝配,只看你是否善于经营,懂得珍惜。

其实,如果你仔细观察那就会发现,每一对夫妻在一起都是有道理的,不管是性格互补也好,还是特别适合也罢,总归是有道理的。

那时我们都那么年轻

胡识

我们离暧昧很近，可是离爱情，似乎又好远。

——独木舟

我读高中时为了在平安夜送一个苹果给暗恋已久的她，真是在桌洞里做着垂死挣扎，我把盒子里的苹果没完没了地拿出来又放进去。

高三那年，我坐在教室的角落里，是一个不起眼的男生，班主任对我从来都是不闻不问。她坐在前排，是一个品学兼优的女孩，每次考试都能拿全校第二名。而那时似乎所有的同学包括老师都热衷于拿有恋爱倾向的人开涮，如果有男生在情人节那天给女孩子送礼物，当天就会遭到同学们的取笑，隔天班主任便会把两个人请到办公室喝茶。一想到班主任说教时肆意横飞的唾沫星子，我都心有余悸。

但当我想到这已经是我和她还能在一起读书的最后一年，不禁又鼓足了勇气。放学后，我在路上尾随她，我的心脏都快跳出肋间隙直到喉咙口。我不停地给自己打气，对自己说：等她走到那家水果店后再冲向前把苹果送给她吧。可就在我准备拔腿奔跑的那一刻，我看见有很多个高高帅帅的男孩站在她的对面，他们都给她苹果，她笑的分外明媚。

昨天，班主任说她的期中考试的总成绩比阿宽多出一分，拿了全校第一。她站在讲台上发言，我坐在下面呆呆地看了好久，她身穿一件紫红色的毛衣，扎着马尾辫，眼睛灵动有神，我把她的一笑一颦都记在了心里。我想等到第二天平安夜送她苹果时，对她说："阿离，你昨天穿的那件紫红色的毛衣真像这盒子里的苹果耶，我好喜欢。”

但我最终还是没有把苹果送给她。不知道过了多久，便一个人拎着盒子又默默的回到寝室。室友们看了看我，然后问：“阿识，你臭小子收到女孩子的苹果了？”我晃了晃盒子，连声说：“是啊，是啊！”

又顿了顿，“这是她，她送给我的……”可话还没说完，站在一旁的阿宽却从我手上抢过盒子，将它拆开，掏出苹果就狠狠的在上面咬了一大口。我瞥了阿宽一眼，简直气得暴跳如雷，二话没说就甩了他一巴掌。结果，我俩厮打起来。

那是存在我记忆里最深的一次平安夜，挥之不去。

在后来的一次高中同学聚会，我听阿宽说，她从他们手上接过的那些苹果都是他们托她送给她的闺蜜的，而那个平安夜，她一直在等我送她苹果。

年轻的我，可以为了送一个苹果而偷偷地蹲在水果店的门外，却不敢轻易进去。那是一种令我在成长的角落里哭了整整两个小时的情绪。而成长，不就是一件重的礼物，痛的领悟吗？

成长是疼痛的，那时的我们大概是孱弱的，所以才会没有勇气去追求自己的幸福。

茉莉花的温馨

后天男孩

风吹起如花般破碎的流年，而你的笑容摇晃摇晃，成为我命途中最美的点缀，看天，看雪，看季节深深的暗影。

——郭敬明

大四那年，他俩在一次摄影交流会上相遇，他被她的才貌深深吸引。他情窦初开，暗下决心要追到她，并发誓一辈子只对她好。可她的心里一直放不下另一个男生，为了不伤害到他，她决定躲开他，去对那个叫施岩的男生说出心底的爱。

那天，她一大早就把自己打扮得漂漂亮亮，并在花店买了一株茉莉花，她想施岩一定也会喜欢。

学校举办茉莉花大赛那天，施岩为了抢到那株最好看的茉莉花而不幸把腿摔骨折了，入了院。可还没等她将病房的门推开，她透过玻璃看见施岩和别的女生紧紧地搂在一起。那个女生不停地说："谢谢你，施岩，谢谢你不惜一切为我去抢那株茉莉花。"

她的心猛的往下一沉，转过身，又拼命地低着头，眼睛直勾勾地看着手上的那株茉莉花，滚圆的泪珠一颗一颗打在花上，像沉重的叹息，又像无助的呻吟。她还曾自信地认为施岩是为她抢花而受的伤。

她举起右手，想把花扔得老远。突然，他一把抓住了她的手，说："花这般美，扔掉怪可惜的，不如送给我吧。"

她转过头，看着他，眼睛眨都不眨一下，她问："你的头，怎么了？"

他一边拿过茉莉花一边笑着回答："不碍事，一点小意外而已。"

她用手揩了揩眼睛又接着说："没事就好！"

"嗯？这意思就是你有事了？"他问。

"我，我……"还没等她继续说完，他又接着说："不如我带你去我的花店看看，或许心情会变得更好一些。"

她点了点头。

他的花店就开在学校附近，但她却从没有留意过，她去的最多的就是那家叫"花思燕"的花店，在那里有各式各样的花。当然，她只买其中一种花，那家店的老板便给她喜欢的花取了这样一个名字——茉莉思燕。

可他的花店没有名字，他只是用几十种茉莉花拼了这样几个大字——有一个女孩。

他不卖花，他的花店只给游客观赏，有一百多对新人曾在他的花店里拍过结婚照。他也是一名摄影师，他到过很多地方，拍过千山万水，但他只迷恋一座城。每年六月伊始，他就会托朋友从雅典寄来五颜六色的茉莉花。红的，白的，粉的，紫的，蓝的……

她说她最喜欢蓝茉莉，尤其是开在中间的那株，就好像在哪见过。他笑了笑，说："给，蓝茉莉！"

那晚，她在他的花店呆了好几个小时，她发现自己越来越喜欢听他讲故事，每次他讲到古希腊时的爱情故事，她的眼睛就会折射出一道道幸福的光。

她回到寝室后，闺蜜突然从他手中抢过那株蓝茉莉，说："蓝茉莉同学，这不就是学校比赛那天用的一株花吗？听说它被一个瘦瘦的男生抢走了，他好像还把头摔破了。"

"蓝茉莉同学，这是从哪弄来的，莫非？"

"别瞎说！"她把花又抢了回来，插在花瓶里。

那一夜，她怎么也睡不着。她好像看到他那天抢花的影子，他是那么执着，义无反顾。

学校举办茉莉花大赛的宗旨是:抢一株最好的茉莉花,送给Ta。

他们毕业那年,他带她去了雅典,在那漫山的茉莉花海中,他向她求婚,她接过他送的戒指,满脸幸福地答应了。他和她的爱情就像茉莉花的花语:清纯,玲珑,迷人。

我在街上碰到她的这天,正是他和她结婚四十周年纪念日。她在这条街上已经卖了两个多月的茉莉花,她说,他罹患肺癌在医院治疗,她想多卖出几株茉莉花,攒够钱,带他再去一趟雅典。

她没有怀孕的能力,他在三十二岁那年因为一次摄影跌下山而被截肢,他们和茉莉花相依为命。

这世上有千万种花,也有千万种爱,爱每经历一次花期都会变得熠熠生辉,生成一个个动人的故事。

每一朵花开,都有一个凄婉的故事,不管你摘的是哪一朵,都请你用心去感受吧。

我们在西瓜地里不见不散

阿识学长

躲在某一时间，想念一段时光的掌纹；躲在某一地点，想念一个站在来路也站在去路的，让我牵挂的人。

——佚名

1

我和阿力出生在同一个村庄，我们在同一个城里念大学。

阿力在 A 大，大二，学汉语言文学专业，我在 B 大学医，大三。

每次阿力犯夏季热时，他都会有气无力地嚷嚷着说：“阿识，要是我那年不补习，我应该也是一名准医生了，这自己的病我肯定看得好。”

2011 年，阿力和我考上了同一所医学院，暑假时我们本来打算从乡下坐绿皮车呼啦到北京旅游。可就在我们准备出发的前一天晚上，阿力说他的女友威胁他，如果他们不在同一所大学念书，那就得分手。

喜欢一个人，我们总是心甘情愿的对那个人好。

也许阿力他太喜欢阿翠吧！

2

阿翠是隔壁班的班花，成绩在班里也是遥遥领先，学霸级别。

我不知道阿力是怎么追上阿翠的，听别人说，阿力追上阿翠只动用了三个西瓜。

我们村的西瓜在夏天实在胖的可爱，红的可人，能甜到人的骨子里。暑假时，每天下午四点来钟，我和阿力都会提着麻布袋去瓜地里摘西瓜。

阿力是出了名的摘西瓜大王，他用手指头在西瓜的肚皮上轻轻地敲一下，就晓得哪个西瓜熟的最好。

阿力说，他还能用鼻子闻到瓜香呢。

3

这也难怪阿翠会被他轻易追到手。原来好多女孩子都喜欢吃西瓜，也喜欢给她送瓜的男孩子。她们总要约上几个闺蜜一起坐在电视机前一边看《来自星星的你》，一边用调羹往嘴里送西瓜，还一边说着“都敏俊西”。

当然，那时候暑假压根就没有“都教授”可看，韩剧也不是那么火。我和阿力看的最多的也就是湖南台的《还珠格格》系列。

于是，阿力总要指着电视里的紫薇，哭得像个泪人：“阿识，快看，女神，我的女神又在大清朝受伤了。”

原来紫薇正被容嬷嬷虐待。

阿翠长得像林心如，所以阿力也跟着林心如受伤。

4

我切开刚摘回来的西瓜，递一大块给阿力。阿力重重地咬了一口：“阿识，我想好了，我要和阿翠一起补习，我们要一起考师大。”

西瓜被吃进了他的嘴里，释放出甜蜜的信号。那会儿，我真佩服阿力的勇气，他可以为了喜欢一个人，竟尝不出来那块西瓜是淡淡的，咸咸的味道。

那是第一个没有被阿力用手指头敲熟的西瓜。

我猜，摘西瓜时，他的心肯定不在瓜，在她。

5

阿力补习那年，我和他联系的不多。偶尔上网和他聊 Q，我就会问他，“2012 年你爷爷打算种多少亩地西瓜？”

“切,你就知道惦记着我家的瓜,不知道关心一下我。”

“哪有啊,你都说等你 2012 年和阿翠一起考进了师大,我们仨就每天夜里躺在你家的瓜地里。我都买好了帐篷,晚上我们一起看星星,一起吹风,还有一起……还有一起吃西瓜!

对,我要把你爷爷吃穷,让他打不成麻将,谁要他每次输了钱就怪我在他旁边观赏坏了,他还用烟杆子敲我的脑袋,叫我滚回地里插秧呢。

我这辈子一定会恨透了插秧生活。整个暑假都快累瘫了,白净净的我一下子就被晒成了黑猪老。我容易吗我？你爷爷太不近人情了!

你爷爷才不近人情了呢!

也对,谁叫我没有爷爷。不然暑假我肯定能抱他的大腿,我就和爷爷整天整夜躺在桃树底下,他帮我摇扇子,还有和我讲故事。他对我讲的故事我都记得,他那个年代简直苦的要命,大暑天都要出去放牛,捡牛粪呢。

所以你要知足常乐,黑人更健康一些。

6

刘同说:“谁的青春不迷茫。”每次和阿力简单地聊完几句,我的青春再也不恐慌了。都能听到乡下的鸟鸣,看到乡下的炊烟,还有一条不近不远的山路。我行走在山路上,青春告诉我,再翻过前面的一座山,你就会想起我的样子了。

白云、禾苗、水田、草帽,还有几个捕捉笋虫和金蝉的少年,还有几个追着蜻蜓不放的娃娃,男孩子和女孩子跳完皮筋、踢完键子、推完铁圈、弹完弹珠就穿着短裤跳到河里洗澡。我们在水里一边捉迷藏,一边摸河螺,惹得鱼儿总用小嘴巴亲我们的脚丫子。

我们在十多个暑假喊了成千上万次"痒，痒，妈妈你再用力往上挠几下，我是不是满身都是痱子啊？"

"谁叫你大热天还贪玩，活该！"妈妈将花露水喷到手掌上，然后再抹到我们身上，连她们的骂声都是清凉，亲昵的。

每一场梦里，都有一句听得见的声音，于是我们呼叫青春该有多好。

7

阿力和阿翠终于考上了我所在城市的师大，那年暑假，我们仨真的如愿以偿了。

阿力爷爷的西瓜地在村子的西边，我们便每天趁着夕阳西下就跑到地里搭帐篷。

阿力说，"夕阳薰细草，江色映疏帘。"

阿翠说："东风渐急夕阳斜，一树天桃数日花。"

我说："知音不到吟还懒，锁阳开帘又夕阳。"

那年，身边的朋友都有女朋友，唯独我形单影只，所以夕阳西下，我会比他们要惆怅一些。

当然，一等到天暗了下来，我们点起了灯，有了风，我就再也不会想一些乱七八糟的事，我会做好多美梦。

我梦见我的车轮和房子是西瓜做的，我每天躺在西瓜床上 K 歌。

《爱情转移》这首歌，被我唱得和西瓜一起在地里翻滚。

8

不久，阿力和阿翠突然分了手。得知这个消息后，我给阿力打了无数个电话，可一直无人接听。

我猜，阿力肯定又跑到 K 歌厅里一边唱《宁静的夏天》，一边酗酒了。

每次阿力伤心难过时，他都要花上很长一段时间重复着 K 那首歌，然后接二连三地打开啤酒瓶。

在他的想象里,夏天一定永远都是宁静的吧!但这世上,不是每一个西瓜躺在每一块瓜地里都是安安静静的,它们也会在夏天遭遇狂风暴雨。这是生活告诉我们的道理,西瓜不是长给生活看的,它是用来吃的,好不好,你我说了不算,现实说了算。

9

阿力失恋的第二个暑假,他约我去深圳打工,我问他为什么不和我一起回老家种地,他感叹到:“老家的夕阳无限好,只是近黄昏。”

就这样,后来只有我一个大学生留在村里种地。

10

今年夏天,阿力的爷爷和奶奶在西瓜地里搭了一个小小的木房子。每当萤火虫从草地上飞起来时,木房子里的灯就会发亮。

我猜,阿力的爷爷和奶奶也肯定会在夏天既安静也吵闹过。

曾经因为西瓜奋不顾身喜欢上一个人,也会因为西瓜地一直存在,遗落几颗种子。

青春是睡不着的,灯亮着,它就醒着。

所以,不管夏天有多苦、多热、多长,只要你静下心来再读读青春时的故事,你一定还会做梦。

对,我们在夏天的夜里,不见不散。

不管爱情如何轮转,不变的,是我们一直赖以为生的友谊,你幸福我为你祝福,你失恋我可以陪着。友谊,万岁。

爱情，不是同一条河流

林玉椿

不太热烈的爱情才会维持久远。

——莎士比亚

他和她相识在一场聚会中，两人几乎是一见钟情。当他们的目光相遇时，立刻就迸出了火花，内心涌起无尽的温暖。第一次见面，在众多的面孔中，他们几乎就已经确认对方就是自己的那杯茶。

当他们第三次见面时，他们就陷入了深深的热恋中。那晚，他们喝啤酒颇有些醉意，然后悄然撇下其他人，走到深夜的大街上，两人的手有意无意地触碰，然后就紧紧地牵在了一起。那晚，他将她按到墙边，深情地吻了她。她没有感到任何的意外，相反，她的眼神流露出了她对这美好一幕发生的期待。于是，一切感觉是那么亲切，一切感觉是那么温暖，一切感觉是那么和谐。他们的每一个牵手、拥抱、亲吻都可以令彼此血液沸腾又内心舒坦。

他们经常脱口而出的竟然是对方想说的话，于是很惊讶地说："咦，我也正想这么说呢。"这样说完，彼此内心掠过一丝喜悦。他们也经常会异口同声地说出同样的话，然后彼此相视而笑："咦，你怎么也这么说呀。"这样说完，彼此内心涌起一股暖流。他们的内心是如此地相通，他心里在想什么，她总是感觉得到；她心里在想什么，他也总是知晓。

他们互相翻看对方的照片，惊讶地发现两人去过许多同样的地方，在同样的景点拍过照，甚至用了很相似的姿势。他们有一种相见恨晚的感觉。他们毫无疑问地认为，这就是缘分，是上天安排了他们的相遇、相识、相爱。他们毫无疑问地认为，他们是天造地设的一对。

于是，他们爱得天昏地暗，爱得肆无忌惮，爱得目中无人，似乎全世界只有他们两个人，其他的任何存在都无关紧要。他们爬到半山上热烈地亲吻拥抱，他们来到大海边尽情地追逐嬉戏。他们在花前月下郑重许诺，他们在拥挤街头十指紧扣绝不松开。她对着大海喊出他的名字，喊出“我爱你”的热烈话语；他在她耳边呢喃细语，表达着他对她的绵绵情意。

他们最喜欢来到那条穿城而过的河流，沿着那条河堤散步，说着甜言蜜语。他们对着河流发誓，这辈子都会好好珍惜这份难得的爱，这辈子都永远不会分开。然而，他们最终还是分开了。

还是在那条河流旁。那天的夜晚，月光洒满大地。河水倒映着月光，波光粼粼。可是起风了，风吹得身上都是凉意。

“我们结婚吧。”她说。

他沉默了。良久，他抬起头：“可以等我三年吗？”

她的脸上写满了失望，两行清泪顺着脸颊流了下来。她摇了摇头，说：“女孩的青春等不起。”

于是，她选择回到了相恋多年的前男友身边，与前男友走进了婚姻的殿堂。

这样的分开，对于他们两个人，都是撕心裂肺的疼痛。很长很长的时间，这种心绞般的疼痛没有一丝减弱。只要一想到对方，就心痛得想号啕大哭。

为了不让彼此内心这么痛苦，为了安慰对方也为了安慰自己，他们在那条河流旁许下诺言：这辈子都是知己，永远不会忘了对方；无论世事如何变迁，无论岁月如何老去，他们都是对方最亲密的人，他们的心灵永远属于对方。

带着这样的幻想，她试着慢慢适应婚后的生活。他也试着慢慢接受她已经结婚的现实。

他仍然像往常一样在网上跟她聊天，聆听她的心事。她尽情地向他倾诉着婚后的生活，诉说着与公公婆婆相处的烦恼，诉说着与丈夫生活观念的冲突。

对于那些鸡毛蒜皮的事，对于那些柴米油盐的事，他总是仔细地聆听，尽心地开导和安慰。可是慢慢地，他发现这种安慰再也不能像以前那样奏效。以前，她心情不好时，他喜欢将她紧紧地拥在怀里，她的一切不开心就立刻烟消云散。可是现在，无论他说多少安慰的话语，他也明显感觉到无法消释她的烦恼。

后来，她有了孩子，工作和带孩子成了她生活的全部。她渐渐地和他越聊越少，偶尔在网上和他聊的，都是她的生活，她的孩子。慢慢的，他发现她似乎不再关心他的生活，不再关心他的心情。以前，他有什么心事，遇上什么挫折和困难，她都会很敏感地发现，及时地劝慰。然而现在，即使他在网上的留言显示出他正遭遇不幸、创伤、挫折，她竟然没有任何一句关心的询问和安慰的话语。而这些，其他最一般的朋友都做到了。

渐渐的，他们在网上不怎么说话了，有时十天半个月也不说一句话。偶尔打声招呼，也不再有任何话题。

他明显地感觉到彼此之间已经筑起一层厚厚的隔阂，彼此之间正逐渐变得陌生，明显感觉到他在她心目中失去了全部的地位。他忽然想起她以前说过的一句话：我爱你时你是一切，我不爱你时你什么都不是。现在，他知道，在她心目中，他已经什么都不是。

他又来到了那条河流旁。眺望着这座宽广的城市，他深切地感觉到自己的渺小与悲哀。在这座城市的万家灯火中，隐藏在那水泥森林的格子间里，多少浪漫美好的爱情正在开始？多少山盟海誓的诺言正在粉碎？多少悲欢离合的故事正在上演？他想，其实自己只是这个世界上非常渺小的个体，上天又如何这么有心来安排这些故事的发生。以前一切的美好，不是天意，而是人愿。

他伫立在河边，望着缓缓流动的河水。他想起一句话来：人不可能踏进同一条河流。是啊，这条河，似乎与往日并没有什么不同，还是这样静静地流淌。但他知道，这已经不再是同一条河流，河里的流水不再是昔日的流水。昔日的流水早已远去，现在河里流淌着的，是陌生的水流。

而她，似乎与往日并没有什么不同。但他知道，这已经不再是同一个“她”。以前的她，血液里流淌着的是对他最热烈的爱，现在的她，体内流淌着的是对他的漠视与陌生。

不是同一条河流，不是同一个“她”，为什么还要把以前与自己相恋的“她”和现在已为人妻的“她”互相联系起来比较呢？为什么还要耿耿于怀呢？所以，不要恨，不要遗憾，不要不甘心。过去的东西，就像河里的流水，永远无法找回。把那段回忆好好地珍藏起来吧，那是自己生命中最美好的年华。在那段幸福的记忆中，有他，也有她，是互相深爱着的他们。但是现在，必须把回忆与现在割裂开来，把以前的她留在内心的那份美好中，忘了现在的她，因为以前那份爱情，与现在的她无关。

虽然有时心里还是会掠过一丝悲哀，但是，保存好以前那份美好的往事，任河流继续远去，让一切自然而然的事继续自然而然地发生，让永不停歇的岁月继续向前行走，又何须悲哀呢？于是，他也就慢慢释然了。

不管岁月如何流走，我们的心里始终住着一个人，她不属于爱情，可每当想起还是那么的心疼。这便是回忆的全部意义吧，始终告诉自己曾经爱过！

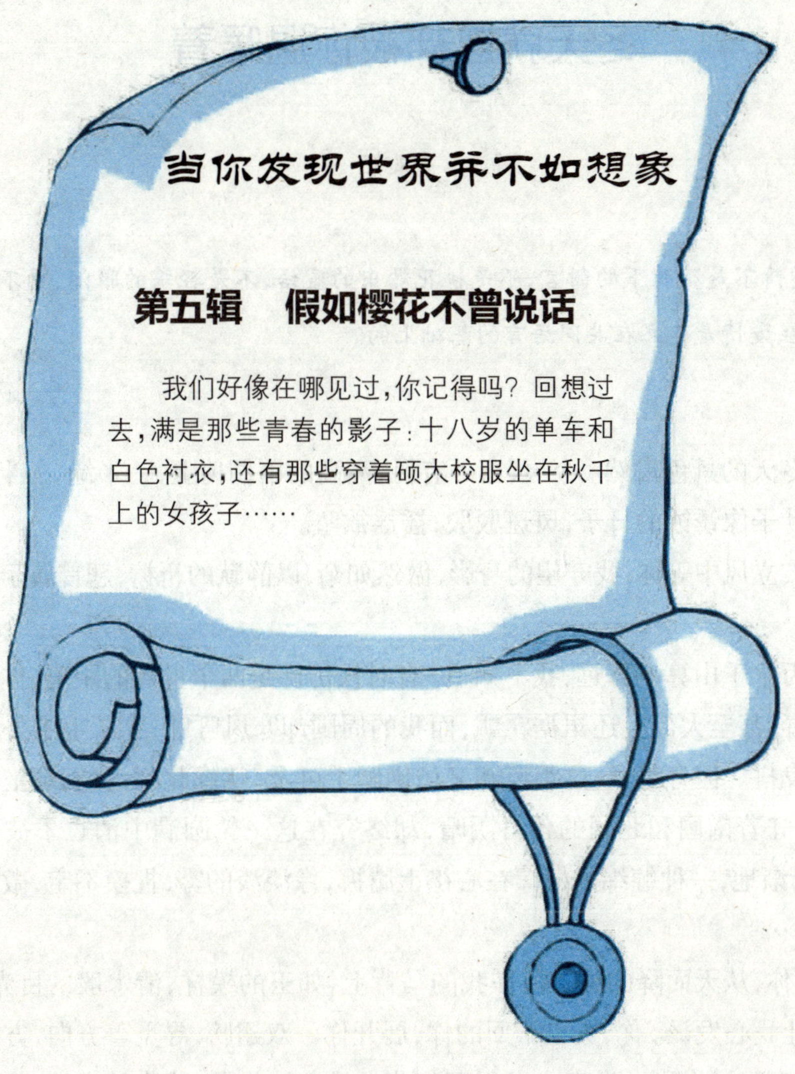

当你发现世界并不如想象

第五辑　假如樱花不曾说话

我们好像在哪见过，你记得吗？回想过去，满是那些青春的影子：十八岁的单车和白色衬衣，还有那些穿着硕大校服坐在秋千上的女孩子……

冬天就这样被你温暖着

风絮

爱情不是花荫下的甜言，不是桃花源中的蜜语，不是轻绵的眼泪，更不是死硬的强迫，爱情是建立在共同语言的基础上的。

——莎士比亚

冬天的景色肃然。今天，窗外有风，高高的梧桐树上，一半绿，一半黄。枯瘦的叶子像锈蚀的日子，斑斑驳驳，摇摇欲坠。

伫立风中等你，我守望的身影，傲然如菊，以静默的祈祷，翘首属于我们的美丽。

万水千山算不算远，我不知道。有时候仿佛是两个世界的距离，你那里温暖如春，甚至大街上还裙裾飘飘，而我的周围却寒风呼啸，穿了毛衣外套依旧瑟瑟发抖。但有时候，这距离却又仿佛触手可及，就像此刻，我们端坐在天涯两端，守着南国和北国的各自阴晴，却终究在这一轮圆满中消亡了彼此的差异。渐渐地，一种缠绵的情愫在心襟上腾挪，像淡淡的雾，捉摸不定，微凉而又神秘……

“你，从天而降的你。落在我的马背上，如玉的模样，清水般的目光，一丝浅笑让我心发烫。你，头也不回的你，展开你一双翅膀，寻觅着方向，方向在前方，一声叹息将我一生变凉。”很旧却非常经典的曲子。忧伤的音符，总是能让深藏在心底的陈年往事，在一刹那间呈现在面前，美好动人的歌词，总能让消失在风中的美好岁月，从记忆中返回。

不由得让我想起了沈从文先生曾经说过的一段话：“我行过许多地方的

桥，看过许多次数的云，喝过许多种类的酒，但是，只爱过一个正当最好年纪的人。”沈从文先生把遇见的美好演绎到了极致，而我们，是否也该珍惜？

你我的相遇平淡无奇，却留给我今生最深的痴迷。不思量，自难忘，千里之遥，无语慰忧伤。遥远的你，总会让我的想象长出翅膀；想念着你，总会让我可以静静地度过一段美美的时光。

张爱玲说：“悄然而逝的时光之中，到处可以发现一些珍贵的东西使人高兴一上午、一生、一世。”而你，仅仅一句贴心的话语，一个温馨的眼神，就已经温暖了我整个的冬天。

轻轻吟起：蒹葭苍苍，白露为霜。所谓伊人，在水一方……也许，相识就是一种缘分，浅浅的，浅到从不谋面；深深的，深到心灵共震。天气微微的冷，而心情，却比以往都感觉到暖融融，因为，这个冬天，不孤单，因为有你的陪伴。

有些等待是值得的，你知道他终会来到你的身边。这个冬天注定是温暖的，尽管依然有那么多人失散。

忽有斯人可想

许冬林

到有了一个结局，才发现身后的一切都是铺垫，长长的恩怨，不过是微笑的理由。

——张嘉佳

只是一低眉，月光片片，缤纷落于脚尖。

只是一低眉，那个人，便清晰浮现眼前。才下眉头，却上心头，这便是想念。

会忽然想起某个人。想起时，世界万籁俱寂。

记得一个秋天，采风，跟邻座的友人闲聊。聊写作时的状态。我说，写东西时，是一个微微低温的状态，像一片湖水笼进了暮色烟霭里，又凉又苍茫。

想念的那一刻，也静寂，也低温，就像清夜灯下的写作，一个人。

扬州八怪之首的金农，曾经在一幅山水人物画里题句：此间忽有斯人可想，可想。

真有性情美的句子。看三两根瘦竹，观一二片闲云，一刹那，一恍惚，忽然就想起某个过往的人。忽然间，心如春水，就荡漾开一片潋滟波纹。

忽有斯人可想，斯人，是旧人。住在旧时光里，住在内心。像冬眠的爬行动物，惊蛰一声雷，他在心里软软凉凉地翻身。

是忽有斯人可想，这想，既是缺憾，又是圆满。

春日迟迟，光阴寂寞慵懒，于是，出门看花。是一个人，坐车去山里，看桃花。

山色明媚。山势在阳光下绵延起伏,登高远望,一派清旷。桃花在山坡上,不是一棵一棵,而是一片一片。一片一片的烂漫云霞锦缎,点缀得巍峨大山格外有了脂粉气。

看花的人,双双对对,像《梁祝》里的彩蝶翩翩。忽然心上就漫进来一片潮润水汽,是想起他了。

那时候,彼此还年少,约过一起来看桃花。

那时候,彼此都以为,青春好长。好长啊,像花事,一场又一场。

转眼已不青春。是我一个人来看桃花。

桃花开得热烈,还是闲寂,只我一人知。

如今他在哪里呀?是否已经忘记和我一起看桃花的约定?是否,他的心已老,老得春风都已扶不动?

这样一想,心就黯然起来。眼前漫山遍野的桃花,开放的,开始一眼一眼地凋零,未开的,也幽冷得开不动了。

可是,这么多年过去,在这样盛大的春色面前,我想起他了。

想起他,又觉得时光已经充盈饱满。

他呀,大概就像桃花装在春天里一样,装在我的心里了。

生命里,脚印深深经过某个人,这生命便从此着染了他的声息。不管这人和你有多少年未见,和你隔了多少条街道多少个城市,只要一想起,依然那么近。因为,都在时间里。

时间像月光,又广博又清冷,笼住了每个人。因此,我无须踮脚探询,你在哪个方向。我只要一低眉,便能感触,你和我一样,在人群中,在时间的洪流里,向前,向前。

想起,便觉得温暖,也想要叹息。

大雪天,一帮子人在小酒馆里,喝酒,胡侃。空调的暖气开得好足,个个粉颊红腮,像桃花盛开,争奇斗妍。我融入其中,常常背叛,内心背叛,一阵一阵落寞。在最拥挤最热闹的场合,会内心清冷,会忽然想起某个人。

仲秋时节,月亮白胖浑圆,总喜欢一个人出去走走,总喜欢去往路灯照不见的空旷处。是为了一个人去吟读苏子的句子吗？但愿人长久，千里共婵娟。

这婵娟的白纱衣里，也有他呀。他如影随形，他化成月色，化成桃花，化成空气，化成时间……每想起，斯人皆在左右。

除岁的烟花在墨黑的夜空灿烂开放，将天空照成花园——又长一岁了！心里一叹。是啊，那个人，和我一样，又老了一岁。我们都，无声无息。无声无息地老下去，偶尔想念，忽然想念。

想念时，听听《当爱已成往事》。

有一天你会知道
人生没有我并不会不同
人生已经太匆匆
我好害怕总是泪眼朦胧
忘了我就没有痛
将往事留在风中
……

往事在风中，我们也在风中。总有一阵风，让我们与往事，睹面相逢。已经不奢求，时间的倒流。

只是想想，想想而已。一凝眉，你在眼前；一低眉，你在心底。便已懂得，便已知足。

他们在哪里啊，他们都还好吗，我们就这样，各自奔天涯。真的，我们就这样失去了本来的面目和联系。愿岁月静好，两不相忘。

流年里的红裙子

芳心

生命若给我无数张面孔，我永远选择最疼痛的一张去触摸。

——七堇年

整理衣柜，翻出来一件红裙子。哦，红裙子，上面落了一层细细的尘，却遮盖不住那些青春的记忆，那段窈窕的时光，仿佛只要我回头，你就还在原地，冲我温暖的笑。

那天，是初到公司，人地两生疏，下班后，我一个人默默地走着，毛手毛脚的你骑车飞快地从我的身边蹭过去。要命的是你的车子挂住了我的裙子，就那么一瞬间，我的裙子被无情地撕掉了一角。我一下子愣在那里，既无助又尴尬。那可是妈妈为了我来城里上班才给我买的裙子，我也是第一次穿裙子。

你折回头，歉意地笑笑："对不起，我负责赔你的裙子。"不容我说话，你把我揽在自行车的前梁上，飞快地骑往我不知道的方向。

是家很大的商场。来到服装专柜，你问我喜欢什么样式的衣服，可以随便挑。初到城市的我，不懂穿衣打扮，不懂如何挑选适合自己的衣服，我望着琳琅满目的衣服，花眼了。

时间一分一秒地过去，你说："我替你做主吧，你要相信我的眼光，选衣服男人比女人有眼光，因为女人的衣服是穿给男人看的。"我不屑你的"歪论"，看中了一件深色的裤子。我已经恨透裙子了，如果裙子不飘起，就不会被撕扯了。

你还是尊重了我的意见，买下了那件深色的裤子。因为我身上没带多少钱，只能是你付钱。

公司给年轻人举办舞会，被同事生拉硬拽去。我躲在角落里，看着别人华丽登场。

“噢，原来你在这里啊。”是你，你做出邀请的姿势，我却回应你一百个拒绝，因为我不会跳舞。

我走出了喧闹的舞会现场。

“怎么？不会跳还是不想跳？”身后的你追过来。

“我不会。”我淡淡地说。

我找一块草地坐下，你也坐了下来。我不说话，你也没说话，就那样静静地坐着，直到夜深了人们进入梦境。

“今天是你的生日吧，这是我送你的礼物，你一定要收下。”几天后，下班路上，你飞速地把一个手提袋塞进我手里，然后飞一样地骑车走了。

回到宿舍打开，是一件红色的连衣裙，里面还有一张纸条：遇见了你，就遇见了美好。那天，有栀子花的香气隐约飘到了我的窗台。

同事为我祝贺生日，你也来了。我穿了那件红裙子，同事都说我穿红色特漂亮，我看到你的眼里闪过一丝明亮，却在瞬间转为暗淡。

那晚，我穿着红裙子，迈起并不娴熟的舞步，邀请你和我来跳一支舞。飘扬的裙裾，是我萌动的情怀。

故事，最终都会有个结局。而我，一个人把故事一遍遍地讲给自己听。花落无痕，芬芳的年华，故事的最后，我再也不会看见你瞳孔里那一抹伤痕。

岁月蹁跹，时光荏苒，红裙子的记忆和心动，斑驳成浅影，抖落在风一样的流年里。那些时光，在轻蹙的眉间，渐渐老去。红裙子飘扬的心事，只有时光会记得。

每个人的心中，都有那么一段关于自己的青春里让自己觉得凄婉的故事，尽管这个故事已经过了好久，可是依然还是记得。

我用整个夏天同你告别

红川

我见过你最深情的面孔和最柔软的笑意，在炎凉的世态之中，灯火一样给与我苟且的能力，边走边爱。

——七堇年

1

路边的合欢花开得嫣红一片，远远看去，像绿色的擎盖之上布满了粉色的云雾。漫步在这熟悉的校园路，想起你我初次相识的情景。

记得那是个合欢花盛开的初夏，已是高二的我们，身边弥漫的是升学、努力的呐喊。

一天，我一个人走在放学的路上，一边走，一边和合欢花打招呼。兴奋之余，禁不住旋转起舞。

没成想，一脚踩到了你的脚上，你“哎呀”一声，将我从沉迷中拉回。

你蹲在地上，脱下鞋子，揉着自己的脚。我看着你的样子，不知为什么，一点不心慌，非但没有道歉，反而笑得一塌糊涂。

“你这人怎么可以这样？！踩了人家脚不道歉还笑，我都疼死了。”看你龇牙咧嘴的样子，我收起了笑容，蹲下来，问：“还疼吗？我踩你一脚不至于那么疼吧？我不胖的。”

你“扑哧”一声笑起来：“踩人家脚和胖瘦有关吗？你瘦就可以随便踩人家脚吗？什么理论？”看到你露出了笑容，我的心宽了几分。

此后，我们便认识了。

但当你说出自己名字的时候，我狠狠的被吓到了。

2

林嘉楠，这是个全校闻名的名字。我上高一的时候就听别人说过你的浪漫情事。你喜欢你们班里的一个叫梅若曦的女生，常常在上课的时候给那个女生写纸条，折叠成帆船的样子，让纸船顺着同学的手织成的河顺利抵达靠岸的“港口”。

一天下来，你给那个女生写纸条竟用掉了一本作业本！这是我们学校的“吉尼斯纪录”，此后，你就成了我们学校的“名人”，并且大红大紫，成了众多女同学的偶像。

梅若曦并没有被你的纸条情书打动，依旧和你保持着不远不近的距离。

同学们都说你选的目标“太高大”，梅若曦一个“白富美”，怎么看得上你一个“穷屌丝”呢？

但你仍锲而不舍，那个学期，你整整地用掉了几十个作业本。

有同学劝你，别用作业本写情书了，把那些写情书的作业本都拿来写作业，把写情书的劲头拿来学习，将来一定会考上一个名牌大学。

你不以为然，回眸一笑，说：“谁的青春不曾疯狂？不疯狂的青春还是青春吗？”

3

我喜欢听老歌。

我喜欢听那首《驿动的心》。

“曾经以为我的家 / 是一张张的票根 / 撕开后展开旅程 / 投入另外一个陌生……”我握着 MP3，低低和唱着，不知不觉，眼泪流了满脸。

伸过来一双手，手上是一块洁白的纸巾。我抬头，是你，不知何时，你站在了我的身边。

“我知道你的故事，就像你知道我写情书一样。”你轻轻地说。

“你怎么知道我的事的？”

“想知道一个人，自然会知道咯。”你狡黠地笑着。

“其实命运对待每个人都是公平的，比如你没有了双亲，但生活给了你自立和坚强，你没有了家庭，但得到了更多人的关爱。”你收起笑容，一本正经地说。

“可是，很多时候，我感觉自己好孤独。”不知道为什么，在你面前，我愿意展现我的软弱。

你说：“看，我的肩膀，可以随时借给你依靠。”

那一刻，我封闭的心湖起了涟漪，感觉自己的脸在发烧。

“你看，你的脸上开了合欢花呢。”你坏坏地说。

我没有反驳你，任凭脸上的合欢花开得绚丽灿烂，心里揣想着我们会有一个美好的未来，一个完美的结局。

4

很快就是暑假了。

你回了家，我选择继续留在学校，因为家对我来说，在哪儿都一样。

我找了一份兼职，是辅导一个初二的学生英语。

那一夜，我做了一个梦，梦见我一个人走在一个深巷，向前，看不到去路，向后，望不到来头。无边的黑暗压过来，令我感到窒息。我惊醒了！望着空荡荡的宿舍，我的眼里满是恐惧和迷茫。原来，那些极力掩饰的悲伤，哪怕隐藏，哪怕淡忘，它总会在某个不经意的时刻跳出来，拥抱你。

终于，开学了。

我们成了高三生。

一天，我接到一个陌生电话，电话那端的女人说，她是梅若曦的妈妈，也是你的妈妈。听到这句话的时候，我的脑袋瞬间短路。接下来的话我一句也没听清，只记住了最后一句话，她要我不要纠缠你，她希望你和梅若曦都能考上最好的大学。

挂掉电话，我站在窗前，看着窗外流淌的白月光，闪烁的泪光照亮冰冷的脸庞。此时，我多么渴望你用一个热情的拥抱温暖我冰冷的心房啊。

我开始按照你妈妈的吩咐冷落你，不接你的电话，也不再到那条我最爱的合欢花路散步。下晚自习，你在教室门口堵住我，拉着我到教学楼的一角，摊开那些你传给梅若曦的纸船说："看，这不是什么情书，是梅若曦每天留给我的作业，对了，梅若曦是我妹妹，是老妈让她监督我学习的。"

我笑了，我说我感觉像在看电视剧。你也笑了，你说生活本来就像电视剧。

5

我和梅若曦成了好朋友。

梅若曦说家里对你的期望很大，因为你是你们家族企业将来的接班人，所以对你要求很严格。

你在我和梅若曦的督促下，学习成绩一路飙升，你拿着生平第一次得到的满分试卷，兴奋得像个孩子。

书山题海，试卷接着试卷，高三的日子就这样轻易过去了。

你说我们报考同一所大学，我答应了，但后来，我改了，你不知道。我选择不上大学，提前回我的山村小学去当老师。

我们终究是两条路上的人，有一段这么美好的相遇，对我来说，已经足够。

你知道吗？我用了整个夏天来同你告别，告别我们青涩而单纯的爱恋，告别一朵合欢花鲜艳欲滴却随风飘零的心事。

9月，是大学报到的日子。我换了手机号码，删除了你的电话号码。

村庄的小学里也迎来了一批新生，他们如一只只蝴蝶，在并不宽大的操场上追逐着温煦的阳光。我站在阳光里，远远地望向你的方向。我想，你那边的阳光，一定也盛开着幸福的光芒。

有些人注定是会错过的，就像两只蝴蝶，飞着飞着就失散了。那些失散了的，就叫青春。

旧爱是一个疼痛的影子

一帘风絮

隐忍平凡的外壳下，要像果实般有着汁甜水蜜的肉瓤，以及一颗坚硬闪亮的内核。

——七堇年

1

尼娅望着幽蓝幽蓝的海，眼神落寞而忧伤。耳朵里塞着耳机，手机里单曲循环播放着那首许巍的《曾经的你》："每一次难过的时候，就独自看一看大海……"

今天，她难过，所以一个人跑来看看大海。

大海那么干净，那么壮阔，那么从容，和高原的天空一个颜色。尼娅多希望在她看过海之后，心中的烦忧就会后退，退到一个触碰也不疼的角落。

涨潮了，尼娅望着一波一波涌起的浪花，忽然想到了一句话：海是这个孤独星球的眼泪。或许，海真是眼泪汇成的，要不，它的滋味怎么是又咸又涩的呢？

不知不觉，天黑了，华灯次第闪亮，尼娅抬头看看满天闪烁的繁星，看看身边那些成双成对、笑语喧喧的人们，她的心一阵一阵的疼起来，好像有谁拿着针在她心灵最柔软最纤细的地方狠狠地刺。第一次，她相信了，这个世界上真有心痛的感觉。

尼娅一个人慢慢悠悠地走在海边的沙滩上，漫不经心，那饱满的、潮湿的海风吹着她的长发和白裙,有着小清新的气质。

有人过来搭讪:“嗨,姑娘,我带你去冲浪好不好?”

尼娅不应答,加快脚步向旅馆走去。

谁知,那个人不死心,一直尾随着她,在这个陌生的城市,被一个陌生男人“跟踪”,她感到了极度的无助和恐慌。

再过一个路口就到旅馆了,还有两秒绿灯,行人和车辆都慢了下来,只有尼娅飞奔着向路口冲去。

突然,尼娅觉得身子飞了起来,然后坠落、坠落……一下子跌进了黑暗。她想喊,却喊不出,她想睁开眼,眼皮沉得厉害,她只好用力地呼吸。

恍惚中,有一双手握紧了她的手,把她揽在怀里,有个声音在耳边沉着有力:“坚持住!坚持住!”尼娅想对他笑一下,终究支撑不住,昏了过去。

2

尼娅醒来的时候,是个晚霞灿烂的黄昏,她动动身子,动不了;她抬抬手,感觉手被握着。握着她手的是个男子,趴在床沿上,像是睡着了。

尼娅觉得口渴,再一次抬了抬手,男子醒了,一脸的倦容,但笑着问她是不是饿了。她摇摇头。说口渴的厉害,想喝点水。男子说让她稍等,他去楼下的商店买。

男子离开,旁边病床上的女病人对尼娅说:“你老公人真好,这一天多你昏迷着,他一直握着你的手,不吃不喝,一刻都没离开呢。”

尼娅笑笑说:“他不是我的老公,我还没有结婚。”女病人说:“那就赶紧结婚了,这么好的男人,哪里去找?”

男子买水回来了,还买了一些零食。

就这样,尼娅默默接受着男子的照顾,很多时候他们之间是沉默的,但男子却仿佛知道她的心思似的,尼娅眨一下眼皮,他就知道她需要什么。

尼娅有点怀疑,难道陌生人之间也有“心有灵犀”存在吗?

尼娅伤的不算轻,不说皮外伤,右小腿轻微骨裂,还断了两根肋骨。一个多月后,她才被允许出院。

男子开车送她,在尼娅订的旅馆,男子说是他不小心撞到了她,他会为她今后所有的“后遗症”负责。妮娅一听,不假思索地说了一句:“你负得起这个责吗?”男子说他从不说谎,可以用生命作保证。尼娅不是无赖的人,想着这些天男子如此尽心的照顾,心情平静了很多。

男子离开的时候给了尼娅一张名片,说无论何时,只要她一个电话,他会随时来到她的身旁,会为她 24 小时开机。

尼娅点点头, 甚至没有说再见。是啊,为什么要说再见呢?再见,也许是再也不见呢。

小腿才拆了石膏,尼娅小心地在房间里练习走路,还好,还可以走路,这样就不用麻烦别人照顾了。

尼娅打开电脑,登录 QQ,好多留言,唯独没有她朝思暮念的那个人。眼泪顺着脸庞,轻轻地滑落。

难道曾经山盟海誓的爱,真的经不起财势权利的诱惑吗?

3

尼娅忘不了的那个人,是她的初恋男友,叫郝林。很小的时候他们就认识了,算是两小无猜,青梅竹马。

每天清晨,郝林都在尼娅家的楼下吹一声响亮的口哨,尼娅便跑下楼,坐在他的自行车后座上,两个人摇摇晃晃的去上学。

小学、中学、大学,他们都冲破各种关卡,努力的在一起。大学毕业那年,郝林说校花想让他去她家的家族企业上班。校花在学校一直追求郝林,郝林没有答应。

那一天,尼娅约郝林去看电影,郝林说什么也不去,还说电影没什么好看的。尼娅却坚持去看,郝林拗不过她,便来到了电影院。

电影散场的时候，郝林毫无征兆的对她说了分手，人声鼎沸的电影院，她站在人流里，眼中无泪，心却哭得汹涌澎湃。郝林说他们之间的爱就像一场电影，就算是通宵，也还是要散场。郝琳走得那样决绝，甚至连背影都没有留下。

她不知道原本甜蜜的爱情怎么会瞬间坍塌，走向崩灭。

从同学那里得知，郝林去了校花家的家族企业上班，很快就会成为校花的老公，那一刻，尼娅的心碎成了千片万片，零落成泥。

尼娅是个孤单的女孩，自小父母双亡，跟着爷爷奶奶长大，16 岁那年，爷爷病逝，18 岁那年，奶奶带着满心的牵挂也离开了她。

幸好，还有郝林在。从那刻起，郝林成了她唯一的支柱，唯一的依靠。

而现在，郝林变成了她心上的一根针芒，时时刺痛她柔弱的心。

“如果你过得幸福，过得比我好就好。”尼娅轻轻说，今天，是郝林和校花结婚的日子。

4

近些日子的清早，尼娅总会被敲门声吵醒，是那个撞伤了她又照顾她的男子，尼娅没看他留下的名片，一直还不知道男子的姓名。

男子买了早点，看着尼娅一口一口吃完，适时递上餐巾纸。尼娅惊讶一个男子会如此细心、如此无微不至。

男子说：“你的伤好了，哪天我们去看场电影吧。”尼娅点点头，“那到时候我来接你。”

还没迈进电影院的门，尼娅就受不了了，她知道她还爱着郝林。尼娅以为自己自小经历的离别多，可以轻松的忘记，轻松的开始新的生活，这一次，她高估了自己。

坐回车上，男子说：“你也在电影院有过离别吗？我的女友是在电影院和我说分手的。我以为有你陪我，我就有勇气走进电影院，没想到……”

原来，爱情就像临水照花人，每一个旧爱，都履过了疼痛的影子。

回到旅馆，尼娅开始收拾行装，她打算回家去。她第一次拿起他留下来的名片看，原来他的名字叫冯博，是一家合资公司的工程师。

尼娅离开的时候没有告诉冯博，她选择孤独上路。车开没多久，她收到了一则短信，是冯博发来的，只有七个字：带一朵花儿上路。她笑了。她透过车窗望向天空，她已经好久没有张望这天空了。

远远的列车，缓缓的行驶在已定的轨道上，风从车窗吹进来，仿佛夹杂着一种呼唤，尼娅的心底浮现出一个身影，一种眷恋瞬间浮起。几缕阳光让目光所及的景物多了欢快明媚的色调，在她心内折射出丝丝缕缕的色彩。清爽的心情，将一切明亮。

一年过去了，一切都还是旧样子，只是没有了郝林静静的身影在那里伫立。

打开窗户，除尘清扫，就像清掉一些从前的记忆。她已经知道该用什么来替补下黯然失色的日子。

郝林来找她，说他已经和校花离婚了，他根本不爱校花，他说和校花结婚是一时糊涂，也是被逼无奈，因为校花当时骗他说自己怀孕了。

尼娅只是听着，不说话。郝林说他还爱着她，让一切重新开始。尼娅摇摇头，轻轻说："你太贪心了，你没有资格得到我的尊重和怜悯。"

5

尼娅卖掉了爷爷奶奶留下来的房子，离开的时候她没有告诉郝林，她对自己说：忘记他，忘记一切……

尼娅对冯博说想去远方旅行，冯博说记得带一朵花儿上路。

走过江南塞北，再也没遇到如冯博一样对她细心入微、懂她的男子，他已成为她心里的岸。

那一天，她又来到了海边，还住在那家旅馆，旅馆老板说不用付钱，一位姓冯的先生几个月前就预定下了你的房间。

尼娅的心在平静中层层密密泛起微澜，脸上摇曳着花姿娇容。

尼娅拨通了冯博的电话，一句话也没说，没过几分钟，冯博就来到了旅馆。

冯博轻轻说："我知道你会回来的。"

尼娅笑了，轻轻挽起裤管，在她右小腿的伤疤上，纹着一朵连理海棠。她说："无论我走到哪里，都有一朵花陪着我。"

冯博说："咱们一起去看海吧。"

海，依旧幽蓝幽蓝，尼娅的眼里看不到了忧伤，她的心已变得和大海一样干净、宽阔、从容。

尼娅和冯博谁也不说话，他们的爱早已在心底出落成花的模样，那花儿携着两颗心温暖相拥，懂我懂你，纵然静默，也是最好的爱。

每一对恋人都有令人羡慕的眼神交流和情感共鸣。愿天下有情人终成眷属。

假如樱花不曾说话

胡识

青春是一本太仓促的书。

——席慕容

山哥和阿莹是高中同学，阿莹坐第三排，山哥坐在她的后一排，他们都是班上的三好学生。每当山哥停下手中的圆珠笔，山哥就会盯着阿莹的后脑勺发愣地看上几分钟。如果看到阿莹用手梳理那一头乌发时，山哥的心跳就会加快好几拍。放学时，山哥总会站在窗户边，他痴迷于阿莹骑自行车离开校园的样子。微风会吹动阿莹那淡蓝色的校服，就好像有一道时起彼伏的浪花打在她的脸上。山哥总在心里感慨，阮莹笑起来真好看。

两年后，山哥和阿莹去了同一座城市念大学，山哥和阿莹只有三站距离。周末，山哥会去阿莹的学校看她，偶尔，阿莹也会来看山哥。他们喜欢吃串串，一起散步，每次聊到读大学该不该谈一场恋爱时，山哥立马就会跑到阿莹前头，转过身子，拍着胸脯斩钉截铁地告诉阿莹："莹儿，谈，必须得谈啊！"那时大二，有一个男生正在拼命地追求阿莹。但不知道为什么，阿莹就是不接受那个男生的告白。阿莹说，她对那个男生没有一点好感，绝对不会喜欢上他。可山哥不信，他在某天晚上鼓励阿莹说，出门在外，有一个人对自己那么好，何不闯开心扉试试？阿莹摇摇头，说，不，不可以。山哥笑了笑，伸出两只手，捂着阿莹的脸，说，阮莹！这次你真可以试试，我觉得可以。阿莹没有继续说话，立在风中傻眉楞眼地看着山哥，她只是感到有些透骨酸心罢了。

自从山哥坐在阿莹的后面那刻起，这个昔日里被学校的男生誉为校花的女神就喜欢上了他。阿莹本来可以上更好的大学，但她为了能够经常见到山哥，竟瞒着父母偷偷报考了他旁边的一所大学。阿莹总能梦见山哥上大学后骑车载她去看学校的樱花，他们在樱花树下十指相扣，他们许愿永不分开。阿莹几乎也能感受得到山哥对她的喜欢，她一直在等。山哥也曾想过要对阿莹表白，但每当自己想开口时，他就会感到害怕。他怕阿莹的拒绝，怕他们连朋友都做不成。

但他们都不会知道，我们喜欢一个人时，如果只是默默的喜欢，其实樱花也不会替谁说话。樱花只会在起风时，从枝桠上奋力挣脱，它得和另一朵暗恋已久的花来一场浪漫的邂逅，但那些约定在花里相见的男生和女生都很难读懂一朵樱花对另一朵樱花至死不渝的心。

后来，山哥不再去阿莹的学校。阿莹的身边跟着另一位男生，这个男生英俊，潇洒，是学生会主席，能写得出一手好毛笔字。他们毕业后去了巴黎。山哥回到县城，做了警察。有很多媒人给山哥介绍女朋友，但都被山哥拒绝了，每次山哥喝醉酒时他都会哭笑不得地搂着男同事说，他这一辈子只喜欢一个女生，阮莹，他上大学时就管它叫莹儿，多么亲密的关系啊，但他就是恨自己把喊她为"莹儿"的专属权力转移给别人，特别恨。

再后来，山哥从同学口中得知阿莹并没有嫁给那个学生会主席，而是一个人在东京种植樱花。这时他才忽然想起，那晚，阿莹对他说过的另一番话：如果我认认真真的喜欢一个人，那我希望他能和我在东京开一家花圃，我们只卖樱花。如果我诚心诚意地喜欢这个人，我一定会在某个特定的日子要求他用自行车载我去看樱花，然后我们一起在樱花树下许愿，我们要永不分离，来世还见。如果我喜欢的这个人佯装不知，羞于出口，那多年后我希望我会在东京和他在樱花树下再相遇一次，哪怕只是短短几秒，哪怕我们变得陌生。

突然，山哥想起读大学那天，他用自行车载阿莹在自己的学校观赏樱花，他教她识花，寒绯樱、石割樱、山樱、霞樱、豆樱、枝垂樱等等。瞬间，泪花在山哥的脸上像樱花在东京的街头落英缤纷。数小时后，那个被叫做“莹儿”的女孩一生像樱花一样只钟情于春天。

我们好像在哪见过，也好像在哪说过一声再见，我们在一条不规则的路上走走停停，直到有天再听到一群朋友谈论到TA，又或是TA乍然出现，我们才回过头，最终在那个熟悉的风景里找到彼此，等到一颗樱花般的核心。

有些人，有些感情只有在时间的回旋中才能看清真相！错过虽遗憾，却也是很美！

从潇湘烟雨的梦境中醒来

朱向青

记忆差的的好处是对一些美好的事物，仿佛初次遇见一样，可以享受多次。

——尼 采

1

直到今天，仍想念在张家界的那些日子。相聚的日子弥足珍贵，诸多细节，历历如目，犹如浮雕般清晰。

“青山滴黛，碧水流淙，梦回故地重游”。当黛山秀水，奇景异色呈现于我们眼前时候，那些来以前运筹谋划中的冗细繁琐，乘车旅途中的劳顿疲惫，异地见面时的激动热切等诸种感受就如同蒸笼里存堵了好几天的热汽忽地被揭掉锅盖之后迅疾消散得无影无踪，我们全付的身心陡然沉浸在全新的惊异之中了。

张家界的山，独石成峰，峰与峰之间决不连绵，嵯峨詈隼。各峰竟相拔地而起，刚硬奇警，卓尔不群。远山近峰交相辉映，各呈硬朗挺拔之态，别具阳刚豪迈之气。张家界的树，疏朗者直指苍穹，参天耸立，将山峰衬托得锋芒毕露。细密处济济匝匝，把山坡遮蔽得严严实实。和山与树形成鲜明对比的是张家界的水，极为柔

美细切。流得缓的贴着岩石从容的絮语昵喃,流得急的呈一条银线潺湲而下。急流缓水汇到山底形成一道宽溪就着婉延曲折的山形悄声敛气地向东逶迤而去。

我们冒雨翻越黄石寨,沿着金鞭溪穿越森林和峰林来到天子山景点门前时,雨却更大了,十几个人只好挤在阑檐下躲雨。雨水滴滴答答落下来,似在"洞"前织了个透明的水帘子。我们忆起相识见面前后的一些趣事,雨声笑声交织成一曲。我忍不住问你:"你见到的风景和照片上一致吗?"在一大群喧嚣的人群里,你总是默默不语,我再问,你赶紧拿起相机装做拍照从容而慌乱地遁去。过后,你还是给了谜底:意态由来画不成,一张小小的照片怎能涵括所有的美丽所有的风情和所有的精纯别致的特质呢?可这一切又怎能在三言两语之间说得清楚?

2

"梦里相聚何殷切,酒醒后犹自恍惚"。当晚,我们宿于索溪峪。宾馆座落在公路转弯的地方,索溪河载着一川细碎的星斗不紧不慢地流淌着。蛙声参差,月光如水。站立窗前,索溪河的涛声丝丝缕缕撞击耳鼓,心内忽地泛起一种身在异乡的那种薄薄的乡愁,却又很快被天南海北彼此相聚的欣喜赶走,大家不约而同拥到站长房间里,你一句,我一句,聊起每人刚开始这个语文网站的编辑时,无一例外被副站长的苛刻严厉所"打击",却又渐渐心生敬意的经历。又说到因为下雨,我带的吹风机成了唯一的宝贝,各家各户每晚排队来借去吹干衣鞋的情形,忍不住大笑。那晚,房间里灯光亮了许久许久。第三天,从黄龙洞回来,我们又到张家界。当晚聚餐喝酒,大伙儿明显喝多了,却还不舍离去。有人又往大家的杯子里倒满了白酒,这些酒对于几个北方汉子来说是不在话下的。南国的我在一群陌生而又熟悉的兄弟姐妹里,也没了顾忌,端起杯子抿了一口,几朵飞花红上脸庞,竟也带上了几分北国女子的豪爽之气。你痛快地将杯里的酒一口闷了,然后眯着醉眼嚷嚷着再倒白酒,把大家都给唬住了，没人再敢上前“挑战”你。后来的事就模糊了，第二天我们都起得很迟，我才知道那天晚上所有人都喝醉了，一个个踉跄着脚步唱着歌跳着舞摸回各自房间里，倒头大睡。那真是一场抛却了一切拘束的欢乐自由的晚宴啊。

3

我们从张家界穿越湘西，途经芙蓉镇来到凤凰古城。最后两天的时光似乎过得更快。天上老是飘着零落的雨，耳畔是沱江细切的涛声。走在这片诞生了沈从文、熊希龄、黄永玉等震铄古今的英才俊杰神奇的土地上，一种古老人文的苍凉气氛就一直围裹着我，心里是一种神圣的敬仰的沉重。带着这种神圣的敬仰的沉重，我们的离别也开始了。

离别的时候，雨却停了，天出奇得晴好。我们相互握手，踏上各自的回程之旅。当车开动的时候，我没有回头，我感觉有许多手仍在向车驰去的方向频频挥动。我仍没有回头。车开始快速行驰，这个城市中的一切都迅速消失在我的身后。我似乎刚刚从一幅潇湘烟雨的梦境中醒来，索溪河的涛声、黄龙洞的瀑流、天子山的奇石、芙蓉镇的溪桥、还有沉默伫立的你们……一瞬间，都消失在我的身后。

我有些魂悸魄动的感觉，似梦醒之后惊起而长嗟，又有一种烟霞顿失的寥落之悲。

4

客车在黑黢黢的群山中穿行，离长沙愈来愈近了，我似乎听到了湘江的涛声。车内一片寂静。我又想起你向我挥手的样子，似乎一切都不真实。我闭上眼睛，另一种离别的情景就像电影镜头一样幻荡在脑海里……

时令似乎是秋天，一些红黄错综的叶子在画面上飘飞着。镜头拉远，滚圆的落日已经搁浅在对面的山顶，血色般的霞光给面前的一切都抹上一层脂粉一样细腻的哀伤色泽。一棵硕大的榕树下，一对古装男女相对而立。

近景。镜头在古装男子刚毅执著的眼神和古装女子平静深婉的表情之间切换。而后再次拉远，沐浴着血色霞光的苍山如屏环合，榕树无语穆立。在山和树的衬托下，古装男女如两尊相对而立的小小的雕塑。镜头渐远，一条曲曲折折通向远方的白线似的山路隐现在画面中。这时候柔情哀婉的音乐似乎从很遥远的地方翩飘而至……

音乐声中，女子盈盈拜别，随风飘然而去，空气中是女子银铃般的声音：幽幽琴声今犹在，翩翩剑影何处寻……男子凝眸驻立片刻，也跃然马上，鞭声里人马绝尘而去。远方传来隐隐琴声，主题曲就随着字幕迭迭而出——

人如梦梦如水水波逐天
忆往事事如昨昨夜花残
西风里人无语秋雁声远
寻声问还有谁仍在思念
……

这样的电影般的画面，我们讨论过多遍了，我还记得我说过，生在江湖中的男女真是太有意思了。高山流水，后会有期，很喜欢这样的年代。英雄儿女，侠骨柔情，令人感叹唏嘘不已。你说，那时候，交通不便，信号不便，人与人之间的离别或许就在天涯，甚至阴阳之隔。所以，故人重离别，就是这样情形。哪像现在，千里之遥，一日即可相会。你还说现在什么都快，真想回到慢悠悠的古代……

真想回到慢悠悠的古代，是不可能的了。即使那种“执手相看泪眼，竟无语凝噎”的离别情形，也已经恍惚成为极为久远的一种文化风情了。

客车仍在黑黢黢的群山中穿行。我在心里向窗外无边的夜色挥手，让我们的离别也染上一种星空悠悠、林竹箫箫的深沉。

5

推开窗，外面是一片翠绿的世界。原来，盼望了一个冬天的春，在不知不觉间无声无息地来了……

时光真是飞快。一年又一年的光阴就这样在我们的指间流淌，有没有一些岁月的印痕，会永远地刻在我们的心上？

想起那些烟雨中的梦境，却又忽地清晰，如同超脱了凡俗的岁月和平庸的世相，轻灵如烟，从尘世的村庄里升出来，一直飘浮到澄澈的空中，直和天上的那些云羿合为一处，成为天空中清纯别样的一些景致。

潇湘烟雨，铭记真情实意。

花儿开在雨季，心碎在手里，那瞬间，足够用一生去回忆。花开在雨季，心碎在手里，那叫潇湘的女子，太美丽。花开在雨季，心碎在手里，那瞬间，足够用一生去珍惜。（潇湘雨）

长廊

雷碧玉

所有的青春都会逝去，却非所有的逝去都有补偿。

——独木舟

我很喜欢校园里的长廊，那里离宿舍区很远。初秋那里有梧桐的落叶。寂静的午后，搬一张椅子坐在门口看喜欢的小说。微风吹来，黄色的叶子从我的浅色碎花长裙的裙裾飘过，偶尔抬头望望远方的天，秋高气爽，无垠的湛蓝，心一下便空明了起来。

他总在最不经意的时候出现，轻轻的足音从长廊的那头传来。缓缓的步调，瘦瘦长长的影子，还有一双亮得刺人的眼睛。他不认识我，每次他目不斜视地从我身边走过，缓缓走到拐弯处，在石围栏上坐下来，有时拿出长笛吹，有时坐着看天。那时的我很单纯，看着他波澜不惊的背影，总觉得他是个有故事的男生，有一种独立红尘的落寞。

我喜欢幻想，有时幻想前世也许和他有缘相遇。或者就是像那个虹桥的故事，惊鸿一瞥后再也忘不了他，然后为他悒郁而终。想完，我总是对自己笑笑，笑自己傻傻的感觉。

时间缓缓流过，大学的生活不像高中，多了很多是是非非，烦人的生活、学业的压力和感情的纠葛。有很长一段时间我没有到长廊，因为那里毕竟离宿舍区很远，而且很多时候都是一群伙伴来去，即便去了也不再有以往的心情。

偶尔我也会想起那时的长廊，想起那个眼睛亮得有些刺人的男孩。不过他好像在校园里失踪了，偌大的校园再也没有见过他。我的感情世界中的男孩子来了又去，告别的时候总是有说不完的理由，我厌倦了。花了三年的时间，考了能考的证书，得了该得的荣誉，我对自己说最后一年要过自己想过的生活，因为毕业后再也不会这么悠闲了。于是我开始抱着小说回到长廊，累了看看天高云远的那片湛蓝。

他没有来过，偶尔午休的时候远远的有脚步声传来，我忍不住抬起头张望，却不是他。我觉得自己很傻，说不定他早就毕业了，说不定他现在不再喜欢一个人独处，说不定……我不再让自己抬头张望，哪怕轻轻的足音让我觉得似曾相识。

南风吹起，凤凰花开，四年大学生活就要画上句号。我用了几个月的时间，终于忙完了毕业论文，工作也定了下来。但又是很久没有去长廊了，我闷闷地想，应该收拾收拾心情，和我喜爱的长廊道个别吧。于是一个午后，我没有带书，去了长廊。

长廊外的墙上贴着“广告学毕业设计展”的宣传。舍友好像说今年广告专业有个毕业设计得了什么奖，进去看看吧！

长廊里没有什么人，音乐很轻。今年广告专业的同学都很棒，做出的设计很有新意，还有人用干裂的土和晒干的仙人掌做保护水源的公益广告。听着悠扬的钢琴，我开始觉得这样和长廊道别似乎也不错。

走到长廊的深处，突然有幅画吸引了我的目光，熟识的感觉，一下从心底涌起。画上是初秋的长廊，一个穿着碎花长裙的女孩的背影，正仰望着湛蓝的天空，几片黄色的桐叶，轻轻飘过她的裙裾。画的下脚写着：缘分的天空，我们擦肩而过……那年的秋天，你是否也和我一样，静静地把爱情等待……

我在画前站了很久，泪水毫无知觉地从眼眶滑落，纷乱的思绪怎么也平息不了。我在心底轻轻叹了口气，默默地把泪擦干，转身走了出去。

毕竟，长廊之外，还有全新的世界。

原来有些人一直在身边徘徊，原来有些感觉他也懂。可是已经错过了，错过该是一个多么沉痛的词啊。

时光篱蔓爬上青春眉梢

卜宗晖

青春是多么可爱的一个名词！自古以来的人都赞美它，希望它长在人间。

——丰子恺

高中时候，大概十五六岁的样子，有一点点才气，有一点点张扬。在全国性的写作比赛获了奖，心生得意，似乎走在路上都追着风。我的老师和同学，也总是不吝对我加以赞美之词，而我则是在心里面习以为常地认可，渐渐生出张扬之气。这种状态一直持续到了高二下学期，我还沉浸在文字的世界中难以自拔，课堂上总是疾笔写那些锋芒的文字，直到我的学习成绩一跌再跌，老师都不忍心再目睹下去，学校因此不再派我去比赛，父母严厉地勒令我停笔，我才终于醒悟过来。

追赶别人脚步的日子是痛苦的。为了补那些落下的课程，我整整做了两本英语笔记，一本数学和一本物理笔记，将近半个学期没有睡过午觉，幸运的是，最终的付出得到了回报，我重新回到了班级的前列。然而高二结束时，文字已在我笔下生了锈，我不敢轻易去触碰那些流水般的句子和篇章，它们曾经给我带来张扬之气，现在，它们是一地碎片，任我如何努力地拼凑，再不可能完整。

也就是从那时候开始意识到，年轻气盛的时候，总有那么一件事物，让你执着的持在手中不肯放下，谁都会不可避免地爱上它给你的张扬之气，那是我们握有资本时最骄傲的姿态。

后来上了高三，时光的篱蔓从这堵墙攀沿到另一堵墙，是更深的院子，枯燥和寂寞锁住了我的青春，但是还好，文字给了我一支牧笛，让我能够一直吹响内心的声音。在朋友的鼓励下，我勇敢地再次提笔，给杂志投稿，终于，文字见于刊物，像许久的心事花开一样，我收获着内心的欣喜和芬芳。偷偷地，我还把暗暗喜欢的人化作了笔端流萤。我把微妙的心绪著于笔尖之下，或晴或阴，我的世界被一个人左右着，但她却毫不知情，或许真的是落花有意流水无情吧，但我还是愿意在她生命中逐流一次。

也曾独自一人徜徉过最熟悉的那条小道，在高中毕业之后，看到路旁的木棉树依旧长得高大茂盛，曾经守在这条路上的我，如今换了新装变了模样，却依旧止不住对于往事的回想。

的确，青春的眉梢曾经为那些失去的、感伤的往事而扑簌簌地落泪，但又能有几个人不会这样？当它们纷纷成了记忆中模糊的片影，请记得是它们为你打开了心灵世界的那扇窗，给你投进了光亮，从此舍不得关上。

一切都会落幕，一切还在上演。高考的结束不过是另一个新的征程的开始。那天整理东西，无意间翻到高一高二时的课本，随处可见我打的文学草稿，数量之多让我不禁怀疑自己曾经装着多少心事，只是它们已经都随着我长大，褪下张扬之气的外表后显露澄明的光彩。

时光篱蔓曾经爬上青春的眉梢，它触痛过我们的神经，让我们紧张，有些泪水也是拜它所赐，但是别忘了，你眉宇间笑的时候，它的内心其实和你一样柔软。

很多东西因为一场考试，就消失了，包括那年的暗恋，那年的情愫，还有那些低眉善目的男生女生。可是每次想起，还是那么柔软。

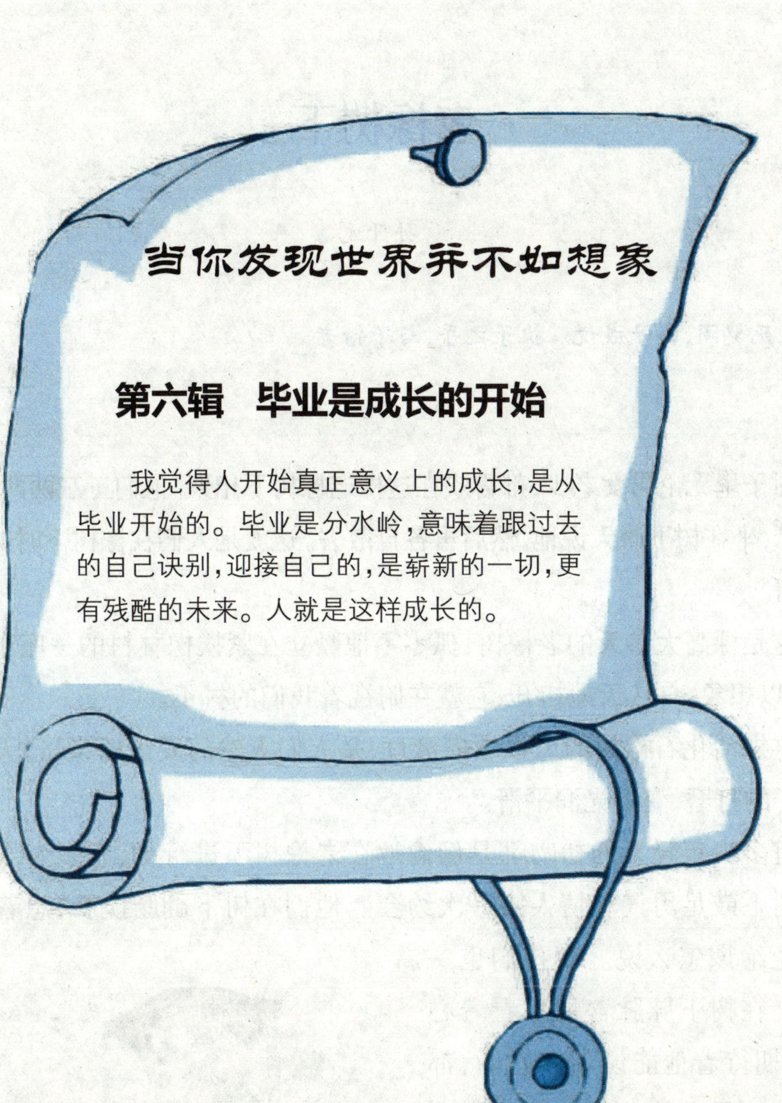

第六辑　毕业是成长的开始

我觉得人开始真正意义上的成长，是从毕业开始的。毕业是分水岭，意味着跟过去的自己诀别，迎接自己的，是崭新的一切，更有残酷的未来。人就是这样成长的。

老橡树下

孙开元

生死契阔，与子成说。执子之手，与子偕老。

——《诗经》

村子里无论男女老少，都喜欢在这棵老橡树下相聚。他们三三两两而来，各寻知己，坐在树下谈天说地，然后再各自散去。这就是人们在橡树下时的最开心的事情。

这是棵高大参天的老橡树，孤零零地矗立在紧挨橡林村的一座小山的山顶，可以想象，自从天地初开，它就在俯视着我们的村子。

这棵活化石橡树的老根纵横盘亘，是人们天然的安乐椅，经过天长日久的裤子的打磨，变得光润平滑。

有多少年轻人的初吻都是偷偷地在老橡树下进行的，有多少男孩是在老橡树下鼓足勇气和情人第一次约会。他们在树下翻肠搅肚，想着如果自己被拒绝该怎么说。女孩们也一样，坐在树下脉脉含情地看着心上人，期待着他能说句知心话，都会想着如果和他约会，自己应该穿哪件衣服。

老橡树知道本地乡下人的希冀、梦想、爱情、失败和成功，但它不会向外人泄露这些秘密，它是我

们最忠诚的朋友和聆听者。

这就是为什么伊丽莎白·布朗小姐有一天来到了这棵老橡树下。那天酷日当头，吃力地爬到山顶后，她累得粉汗微出，薄薄的印度棉线上衣沾在了身上。她站在表皮粗糙的树下，老橡树垂下枝条为她遮挡住了阳光的炙烤，看着在清香的微风中摇曳的枝叶，她轻轻吁了口气，心中一分舒畅，三分烦乱。她轻轻靠在树上，让树干支撑着她的身体和意志——现在身心都已疲惫。她试着理清思维，仔细地思考着发生的一切。

一个旅行者正站在不远处的一块巨石后，为了躲避烈日和行人的目光。他在投入地作画，除了橡树下忧郁的少女，他心无旁骛。他想把自己的目光从女孩身上移开，但却是徒劳。少女的一举一动深深地吸引了艺术家的注意力。

她看上去普普通通。她有一头棕色的头发，长短适中散在脑后。她面庞清秀，神态悠闲高雅，略显丰腴，却更给她增添了几分妩媚，除此之外并无特别之处。他离她并不远，但还是希望更近些，以便能看清她的眼睛。他只看到她有一双淡蓝色的眼睛，在她平凡的脸上显得很不一般。这就是为什么他非要画这双眼睛。

伊丽莎白穿着一条宽松漂亮的紫色棉布裙子，上部是象牙色。她双手抱膝，屈在胸前，裙裾在微风中轻轻摇摆着，时而露出令人心荡神驰的秀腿。

他手中的画笔疾速地滑动着，想在她走之前就把画画好。把颜色调好色，他熟练地在画布上涂画着。吉米·汤普森是个敬业的画家，他可以为了自己的事业披星戴月，如果不想起火为自己做饭，他可以每晚在异乡饭馆里就餐，无论严寒酷暑，只要需要，他都会保持这种游牧式的生活方式而自得其乐。

吉米到哪都开着他的那辆老式露营车，他把这辆车当成了家。他云游各地，在一个地方呆够了，就开车另寻他处。他靠在路旁卖他的画为生，偶尔也在农场干一段时间的体力活，这使他的体格一直都很健壮。他是一个与世无争的人，一切随遇而安。他是很少的敢说自己很快乐，别无它求的那几个人之一。至今还没有哪个地方吸引他停留太久，但也许在某地、某时或某件事会拴住他的心，让他在墙上钉个钉子，挂上他的车钥匙。

至少在今天，他休息的地方还在一个半山腰，画着一位艺术家明显察觉到被愁笼罩着的梦幻般的少女，这正是画家想要捕捉的一种意境。但少女还有一种别样情怀，只有他的心灵才能感受得到。

在画作完成之后，他坐下来许久默默地注视着前方，他被眼前的少女迷住了，唯恐他的出现会扰乱她那宁静的时光。

她站起身，掸了掸了身上的尘土，她伸展了一下久坐的腰肢，树影间的阳光流泻在她的秀发上。她转过身，把一只纤柔无比的手掌放在了树干。吉米好奇地看着她，她在干什么？为什么这个普普通通的女孩让人如此着迷？

等到双腿恢复了活力，她也做好了决定。她的手从老橡树的身上轻轻滑了过去，树荫的庇护让她在纷乱的尘世中获得了一份心灵的明净。

她向山下走去，她要向格雷格表白自己的心事。这不是那么容易，但也不能再拖。格雷格是个好小伙，一个敦厚、善良而且温文尔雅的男人，一个能让她笑，也能让她哭的男人。他给了她快乐，让她感到了自己是无可替代的。她一度认为自己也是爱他的，就在昨晚，当银色的月光洒在窗前时，甚至是今天早上醒来，她还梦想着戴上白纱巾，接过那束玫瑰花。但经过橡树下的久久沉思，她明白了，他并不属于她。

她放不下的是另一个人，她也说不清他是谁，但知道他正以自己的方式走近她，而不是以格雷格的方式。想到如果拒绝格雷格的求婚，他会受到伤害，她的心里很痛苦，但她不能欺骗自己。

当少女差点与画家撞了个满怀时，她不禁惊慌地“啊”了一声。他又黑又长的卷发散在肩头，他的微笑让她的心慌意乱。“你好，我知道你经常到这来画画的。”她对眼前的陌生人说。

“是的，小姐，在下常来。”他的声音浑厚，带着很明显的爱尔兰口音。双方好像对彼此的第一次谈话并不感到意外。

他看着她清亮的棕色眼睛，不是在树下时的淡蓝色，但他一点也不遗憾。

他把世界展现在了她的眼里,她的双眼映出了世界的美丽。

初秋时的第一棵橡子从老橡树上落了下来。秋天是个收获的季节。

这就是我的祖母和祖父第一次相遇时的情景,我不知道他们的浪漫故事是否真实,但祖父就是一直是这样对我们讲的。他在去年去世了,祖母把他的骨灰撒在了山上的岩石下。那里就是祖父画画的地方,当祖母站在那棵老橡树下时,他们的故事就开始了。祖母现在还是每个星期天都到那儿去,她今年八十七岁了。看,现在刚刚是八月十五日,就已经有一颗橡子成熟了。据说每年第一颗橡子成熟时,就又会有一对年轻人要在这棵老橡树下坠入爱河了。

我们依然那么容易感动,是因为我们还依然相信爱情。这世间总有伟大的爱,激励着我们去相信爱情。所以,一定要好好爱。

尘埃里的上帝

李代金

有时候，谎言很美丽，她的名字叫“善意的谎言”。

——米露西·桑娜

威尔逊原本有一份不错的工作，每个月都能拿到一份不错的薪水，但是一场车祸却夺去了他的双腿。从此，他不但失去了工作，而且行动也变得十分艰难。成天无所事事的威尔逊总是闷闷不乐，妻子看在眼里，痛在心里，她建议他在自己家旁边开一家超市。威尔逊想了想，同意了。超市开起来了，没想到生意非常不错，附近的人都到他的超市购物。一整天，超市人来人往，大家还跟威尔逊聊聊天，威尔逊的脸上成天都堆满了笑容。

威尔逊的生意做得风风火火，一家人过得开开心心，可是邻居蒂芬妮的丈夫却因为车祸去世了。因为责任在蒂芬妮的丈夫，蒂芬妮为此需要支付对方一大笔赔偿金，为此她家顿时陷入了困境。威尔逊是个善良的人，他见蒂芬妮一家陷入困境，决定出手帮她。他知道，自己现在之所以过得开心，是大家在照顾他的生意，如今他人有难，他也应该主动帮忙。当然，这事还是得征求一下妻子的意见。他把想法跟

妻子一说，妻子满口答应。

妻子说："我们要帮她，但这不能明帮，只能暗帮。"威尔逊点了点头，明帮，蒂芬妮肯定不会接受，就算真的接受了，心理也会有负担，也会想方设法报答他们。威尔逊想了想，便有了主意，把钱偷偷地放到蒂芬妮家里，然后再让儿子马克去玩的时候，假装不小心找了出来。这样，蒂芬妮就会认为那是丈夫藏起来的钱，这样她会感到十分惊喜，当然心理上也没有什么负担了。于是，威尔逊叫来马克，对他详细地交代了一番。

威尔逊取出一笔钱，用一个袋子装好，然后交给了马克。马克带着这笔钱，去了蒂芬妮家，并悄悄地藏在了一个角落里。然后，他跟蒂芬妮家的比尔和大卫玩起了捉迷藏的游戏。不一会儿，马克就叫了起来："哇，这里有好多钱！"马克的叫声引来了比尔和大卫，他们见到那袋钱，不由吃了一惊："这是我家的，这是我家的！"马克把钱交给他们。他们赶紧去把钱交给了蒂芬妮。蒂芬妮拿着钱喜出望外，激动得掉下了泪水。

因为这笔钱，蒂芬妮的难题一下就解决了，她的脸上又有了笑容。威尔逊一家看在眼里，乐在心里：这样真好，蒂芬妮对钱的来历没有丝毫怀疑，花得心安理得。可是，天有不测风云，就在蒂芬妮的难题解决没多久，她自己却病倒了，一大笔医药费顿时吓傻了他们全家。治吧，没钱；不治吧，只能病死。蒂芬妮不怕死，可是她死了，两个孩子怎么办？他们还小，难道就要因为她的死而成为孤儿吗？蒂芬妮为此成天以泪洗面。

见此，威尔逊再一次同妻子商量，他说："我们跟蒂芬妮是邻居，我们手上还有不少钱，不如取点来帮帮她！"妻子点头同意了，她也不忍心蒂芬妮有个三长两短，否则那两个孩子就太可怜了。当然这次也不能明帮。于是，威尔逊

再一次取出一笔钱，再一次装入一个袋子，再一次交给马克，再一次详细地交代一番，让他务必稳妥地把钱交到比尔和大卫手里。马克点点头，带着这笔钱去了蒂芬妮家，并悄悄地藏在了一个角落里。

当然，马克又找比尔和大卫玩起了捉迷藏的游戏。当然，没过多久，马克又装着无意的样子，发现了那袋钱，并叫了起来："哇，这里有好多钱！"马克的叫声引来了比尔和大卫，他们看到那袋钱，顿时就笑了起来，跳着说："这是我家的钱，这下好了，妈妈有救了！"他们从马克手里接过钱，欢呼着跑去找蒂芬妮。蒂芬妮从两个孩子手里接过钱，得知是家里找出来的，愣了愣，不由喜出望外，连忙带上钱去了医院。

10天后，蒂芬妮出院了。出院后，蒂芬妮就去找了一份轻松的工作。后来，她又换了辛苦的工作，努力地挣钱。威尔逊见此非常高兴，心想这下好了，他们一家可以过上好日子了。可是，蒂芬妮一家却省吃俭用，原来她把钱都存了起来。两年后的一天，蒂芬妮走进了威尔逊的超市。威尔逊以为她要买东西，可是她却将一袋钱放在柜台上，对他说道："威尔逊先生，谢谢您对我们的帮助，我是来还您钱的，请您收下！"

威尔逊吃了一惊，却装作毫不知情的样子，说道："你这是干什么？我们什么时候帮过你啊？"蒂芬妮告诉他，她每次需要钱的时候，马克与她的孩子捉迷藏都找出一袋钱，而那个地方，她的丈夫根本不会把钱藏在那里。不用说，是他们一家为了帮她才想出的办法。威尔逊说："不，你弄错了，我们从来没有帮过你什么。倒是你，帮了我们。你家周围栽满了花，大家闻到花香，就都喜欢来我的超市购物了！"

蒂芬妮心想，也许那真是丈夫藏的钱。他们帮了我，没理由不承认。威尔逊说得有道理，卡尔森就曾开过超市，但生意却不好，最终关门了，现在他的生意这么好，真是我家的花帮了忙。然后，蒂芬妮带上钱，开心地走了。威尔逊对妻子说："你看，我不承认，还说她帮了我们，她多开心。大家总是照顾我们的生意，可他们却从不承认这是对我们的照顾。上帝从来不承认自己是上帝，他总是低到尘埃里，跟常人没有两样。"

其实，承认不承认有什么关系呢，重要的是，我们因为爱，日子过的越来越好，这不就是最大的而幸福吗？

吃掉所有的洋葱

石岩

每个人都会犯错,但是,只有愚人才会执过不改。

——西塞罗

很久以前,一个人偷了一袋洋葱,被人捉住后送到了县衙,县令提出了三个惩罚方案让这个人自己选择:第一,一次性吃掉所有的洋葱;第二,鞭打一百下;第三,交罚金。

经过慎重考虑,反复权衡,这个人选择了第一种:一次性吃掉所有的洋葱。一开始他信心十足,可吃下了几个洋葱之后,他的眼睛如火烧一样,嘴巴似火烤一般,鼻涕不停地流淌。他哀求道:"求求你们,我一口洋葱也吃不下了,你们还是鞭打我吧!"可是,在鞭打了几十下之后,他再一次忍受不下去了,在地上翻滚着躲避皮鞭的抽打。他哭喊道:"不要再打了,我……我……我愿意交罚金。"

后来,这个人成了全城人的笑柄。因为他本来只需要接受一种惩罚,却将三种惩罚都尝遍了。

面对惩罚或错误的时候,人人都有一种"避重就轻"的心理。我们往往选择那些看起来不太严厉的惩罚,最终由于这种逃避,使自己尝到了更多不必要的苦头。

一味的逃避是祸事的开始。有时候我们只需要承担责任,可能处境就会更加明朗!

受伤的羊皮手套

凤凰

知错能改,善莫大焉。

——《左传》

这个冬天太冷了,杨燕有手套,但只是毛线手套,不暖和,她想要一双羊皮手套,像同桌周红的那种。她戴过周红的羊皮手套,太暖和、太舒服了。这天下午一放学,杨燕就去了商店,她很容易就找到了羊皮手套,不过一看价钱,她就呆住了:50元!太贵了!

杨燕是有50元钱,但她却舍不得出50元钱买,她只愿意出40元,剩下10元,她还要买漫画书呢!杨燕拿着羊皮手套向女老板走过去,问40元卖不卖。一直在上网的女老板头也不抬,说少一分也不卖。杨燕捏着羊皮手套,转身往回走,走到原来的位置,她却舍不得放下。

杨燕想:我一定要得到它!杨燕回头看了看女老板,她一直埋头,聚精会神地上着网,店里再也没有第三人。杨燕迅速地从衣袋里掏出刀子,然后在其中一只手套上划了一刀,一条口子顿时赫然醒目。杨燕又拿着手套向女老板走过去:"这副手套有一条口子,40块钱,行吗?"

听说手套有口子,女老板终于抬了头,接过了手套,一看就皱眉,说:"行,就卖给你了!"杨燕笑了,掏出了钱递过去。女老板嘀咕着,似乎想不明白,好好的一副手套,怎么就多了一道口子,因为一道口子,就白白损失了10元钱。杨燕戴着手套,高高兴兴地出店回家了。

回到家里,杨燕戴着手套,自得其乐,想到自己轻而易举就省下了10元钱,她太开心了。母亲看到杨燕开心的样子,便问她一个人乐什么。杨燕说:"妈妈,我买羊皮手套了!才40块钱!"母亲闻声走过来,说:"这么便宜!我看看!"杨燕把手伸了过去,让母亲看手套。

母亲一眼就看到了那条口子,哦了一声说:“怪不得这么便宜,原来有条口子啊!要是没有这条口子,这倒是一副非常不错的手套!”杨燕点了点头,是啊,要是没有这条口子,那它就更完美了,可是没有这条口子,她就不可能花40元买到它了。杨燕说:“这条口子是我弄的!”

母亲吃了一惊,盯着杨燕。杨燕看到母亲追问的目光,于是把一切都说了出来。母亲听了说:“你居然为了一副手套,就这么做?你想过没有,被老板发现了,会有什么样的后果?”

杨燕呆住了。母亲又说:“花50块钱,可以买一副好手套,现在虽然省了10块钱,但是却买了一副有缺陷的手套。事实上,你的行为比这副缺陷手套还要恶劣。”杨燕听了恍然大悟,是啊,自己花40元是想买一副好手套的,现在却买到了不光彩的行为。

杨燕看了看带着口子的手套,顿时觉得挺委屈。母亲说:“是不是有些后悔了?你这么做,弄坏了手套,让老板蒙受了损失,自己也没有占到便宜,而且你的行为还让自己的人品受到了伤害,太不值得了!”杨燕点了点头:“妈妈,我错了!”说着她涌出了悔恨的泪水。

杨燕跑出了门,往商店走去。这本来是一副好手套,本来值50元钱,自己使女老板蒙受了损失,应该补10元钱给她。杨燕走进商店,女老板还在埋头上网。杨燕上前把一切都告诉了女老板,然后递过去10元钱,请她原谅自己。女老板惊讶得张大了嘴巴,收下了递过来的钱。

女老板起身去取了一副新的羊皮手套,然后走过来对杨燕说:“这副手套送给你。那副手套因为有口子,可能戴不了多久!”杨燕说:“阿姨,谢谢您!”然后,她转身跑出了商店。她当然不能收女老板的手套。戴着有口子的手套,她将永远记着自己的错误,永远不再犯这样的错误。

其实,有些错误是不能犯的,有些错误也只能犯一次,我们应该明白,穷,或者受困都不可怕,可怕的是,因为贪欲所犯的一些错误。有些事,可以归结为单纯、不懂事。可是,有些事,只有对与错。

第一次领奖

木易

人的首次经历就是最美妙的诗篇。

—— 爱默生

记得刚进大学的时候，由于高考成绩极不理想，只上了一个三本院校，那时心情一直很糟，整天没精打采的样子，有一天走在学校的桂花路上，突然有感而发，写了一篇文章。

第二天，校园的一个文学社就出了一则征文，我便将这篇文章投了过去。

两个星期后，我接到文学社编辑发来的短信，说我的文章获奖了，晚上6点半去小礼堂领奖。突如其来的短信让我变得有些欣喜，我特意地打扮了一番，其实也不算什么打扮，就是将头发梳好了一些，然后去领奖。

当走到小礼堂门口，正要进去，突然被一挂着蓝色工作牌的学生拦住了，他问我是哪个组？我一脸茫然，难道领奖也分组？还是他们的"奖"叫"组"？一等组？二等组？我收到了短信也没有告诉我是什么奖，更没有说是什么组。

我万般不解的说："我是来领奖的。"

他又说："现在得先分组，才能出奖。"

我说好吧，分组就分组吧。

后来才弄明白，他们是在进行桂花知识竞赛分组，征文奖和这个知识竞赛奖一起发放。但竞赛名单上也没有我的名字，我根本没有参过赛。那时的我一头雾水，而恰巧一体育系的哥们没来，我就稀里糊涂的被分到了体育系这一组。比赛将近开始的时候，编辑打来了电话问我：

"你的作品获奖了，你来小礼堂了没有？"

我说："我来了啊。"

她又问:“那你在哪?”

“我在体育系组。”我接着回答。

“你在体育系干嘛?来小礼堂领奖啊。”她好像不耐烦了。

“我来了啊,在体育系一组。”我发现我们俩已说不清楚了,于是我约她在小礼堂门口见。

我出门在门口等着编辑,不一会她也从小礼堂里出来了,看上去像是个学姐,还没来得及向她问好,她便急着对我说:

“你怎么才来,快去后面更衣室等着上台领奖。”

我已经被那个挂牌人整得很惨了,现在又被学姐训斥,没有十分,起码也有九分的无奈了。

我站在主席台后面,等着我的名字出现,起初我还因自己有奖可领而高兴不已,但那时我却高兴不起来了,只想领了奖后立刻便走。

他们也用了别人一贯的手段,为了节目的精彩性,把每一场比赛的中间统计成绩的时间串场为颁奖典礼,所以大家都知道,先出来的是优秀奖,后是三等奖,再是二等奖,但结果都没有我的名字。最后一等奖揭晓,我被请上了主席台,我真的很佩服这个学姐编辑,她可以让一个作者连自己作品获了什么奖都不知道的情况下,能服服帖帖地站等三个小时。我想,除了我这样的作者,应该不会再有第二个。

既然是领奖,你唯一的表情就是微笑,然后高兴,不管你心里是苦闷还是无奈。领完奖后我看到有人走了,我也头都不回跟着走了。

奖品是一盏直插式的台灯,看起来还有些上档次的,我抱回寝室后,寝室同学皆大欢喜,但有一个特别欢喜的同学似乎想试试效果,四处动了几下,发现没插电,他便又将台灯抱到离插座很近的地方,结果“咔”地一声,台灯闪了一下,于是我们都知道了,烧了。

我只好无奈地说:“好吧,这就是大奖。”

每个人都有第一次,第一次上台讲话,第一次当众唱歌,第一次完成演讲。不管出丑还是怎样,都是成长。

毕业是成长的开始

李军民

但愿每次回忆,对生活都不感到负疚。

——郭小川

有位初中男生,毕业前夕突患白血病住院,不能去学校照毕业相,他的父亲毅然去学校替儿子站进队列里,用自己饱经风霜雪雨的面庞,代替青春阳光稚气的儿子,为儿子圆了毕业梦,这张特殊的合影作为儿子的毕业照珍藏了起来。

有位高中女生,担心癌症晚期的母亲等不到自己的毕业典礼,请求校方在母亲节前夕,于母亲病榻前举行小而隆重的毕业礼。母亲病床前,她从校长手中接过毕业证书。母亲表情虽然痛苦,但是很开心,她看到了女儿的毕业,整个场面温馨凝重。这位母亲在见证了女儿毕业礼两日后,母亲节的前一天安然病逝。

有位技校女生,毕业分配到煤矿工作,她主动要求从干净体面的化验室去噪音大、煤尘多、环境差的洗煤厂工作,她调动是为了想多挣钱,理由听起来颇不高尚,但了解她的情况之后大家无不为之感动。这个四个月大就被亲生父母抛弃的女孩儿,在被养父含辛茹苦养大以后,看着日渐衰微中年丧妻膝下无子的养父,她立志靠自己的辛勤劳动,为父亲买一所房子再找一个老伴,让父亲过上幸福的晚年生活。

一次顶替儿子照毕业相的经历,流露出父子情深的真挚情感。一张提前领到的毕业证,圆了母亲见证女儿长大成人的神圣时刻。一份主动承担的艰苦工作，实现了女儿感恩养父报答恩情的梦想。每个人都会在父母师长的呵护下长大，我们在平淡中感觉不出这种关爱，只有在经历了生死抉择考验的时候，才瞬间长大。

每次毕业，我们都要经受一次洗礼。

毕业是人生一个阶段的结束，包含了成长，囊括了收获，使我们长大，羽翼丰满。毕业是人生又一个新的开端，进入了一扇新的大门，融入了一片新的天地，带给我们新的体验。毕业是人生的一个逆转，可能要永远离开一些人，可能要踏上新的人生旅程，我们要重新开始认识世界。

我们都要经历青春的疼痛，困惑、迷茫、叛逆，这是我们在成长。我们都要经受生活的磨砺，生死、爱恋、衰老，这是我们在成长。我们都要经过岁月的浸润，感觉、感知、感悟，这是我们在成长。

只要你直视成长，那么所有的狂风暴雨、所有的困苦艰辛，都只是航船两旁的河水，都会随岁月流走。学会成长，爱你的人、你爱的人都会幸福；学会成长，你遇到的人、遇到你的人都很善良；学会成长，思想自由翱翔，心灵美好无比，身体矫健如飞。成长为你插上双翼，使你的人生意义非凡。

你从成长中一路走来，你还将向成长走去，你的身旁，四季如春，绿树成荫。

我觉得人开始真正意义上的成长，是从毕业开始的。毕业是分水岭，意味着跟过去的自己诀别，迎接自己的，是崭新的一切，更为残酷的未来。人就是这样成长的。

把缺点活成美好

王举芳

既然太阳也有黑点，“人世间的事情”就更不可能没有缺陷。

——车尔尼雪夫斯基

看见她时，我还是深深地惊讶了一会儿。20 岁，身高只有 1 米左右，像一个稚气未脱的孩童。

“这么小巧的身材能干什么呢？”我不禁在心里嘀咕。

那天，主任让我和她去仓库盘点货物。货很多，也很杂，很多时候需要爬到货物堆上清点数目，我自告奋勇说我上去，让她做记录。她笑笑说：“还是我上去吧，我小巧玲珑，身轻如燕。”说着，灵巧的爬上了货物堆。

单位组织去爬泰山，主任说如果她没有力气爬上去，可以去坐索道。她说：“坐索道怎可尽览泰山的风姿，也失去了爬山的意义和目的。我可以慢一点，你们不用等我，咱们在南天门碰头。”她真的没有比我们慢多少。然而“上山容易下山难”，下山的时候，十八盘那长长的台阶对她来说是有很大挑战的。我说不如你去坐车吧。她笑笑说：“好吧，我去坐车，但我不是因为我害怕下山，是怕耽误大家的时间。浪费别人的时间就等于浪费别人的生命，这个责任有点大，我可担不起。要是我自己单独来，我必定是要一步一步走下泰山的。”

有时候走在街上，别人看着她脸上的“沧桑”，矮矮的身材，总会用一种异样的眼光看她。她回应的总是淡定和从容。我说：“你不介意别人的目光吗？”她说：“别人上街需要精心打扮才能赢得回头率，我不用打扮，回头率就百分百,我为什么要不高兴呢？”

慢慢的,我知道了她的一些事情。

三岁那年,因为注射青霉素破坏了生长激素,她昏迷了七天,从“死神”那里挣扎着活了过来。八岁那年上小学,她发现自己的身高一直赶不上别人,后来,她明白自己不可能再长高了。很苦恼,冲着母亲发脾气,母亲是个乐观的人,对她说:“你跟别人没什么两样,别人能做到的你也能。”在母亲的影响下,她变得开朗活泼起来,每逢有调皮的同学嘲笑她的身高,她就笑着说:“等我长大了就长高了。”

她说自从小时候那次“死里逃生”后,她就对生命有了一种特别的敬畏。她说活着就是一种幸运,为什么要自暴自弃呢?

我深深的被这个坚强乐观的女孩打动了。

这个世界上完美无缺的人少之又少,缺陷不是一件可怕的事，只要我们不压抑自闭,内心坚定从容,乐观向上,懂得自省自爱,也一样可以绽放美丽的生命之花,人生的歌便会唱得优雅悠长。

瓜无滚圆,人无十全。没有比脚更长的路,没有比人更高的山,心灵的高度比身体的尺寸更为重要。

找个敌人做搭档

十三页

可持续竞争的唯一优势来自于超过竞争对手的创新能力。

——詹姆斯·莫尔斯

在埃及的奥博斯城，有一座鳄鱼神庙。公元前450年，古希腊历史学家希罗多德曾来过这里。当时，他发现一个奇怪的现象，大理石水池中的鳄鱼游出水面的时候总爱张着大嘴。即使是吃饱喝足后，鳄鱼也总爱这样。让他惊讶的是，居然有一种灰色的小鸟站在鳄鱼嘴边啄食剔牙，鳄鱼却视而不见，并不伤害它。

这种灰色的小鸟是“燕千鸟”，每当鳄鱼饱餐后，就会懒洋洋地躺在河边闭目养神。这时候，燕千鸟会飞到它们身边。鳄鱼张开大嘴，故意让这种小鸟飞到嘴里来清洁牙齿，燕千鸟会把鳄鱼牙缝里的水蛭、苍蝇等食物残屑一一啄去。在鳄鱼的“血盆大口”中啄食，会让鳄鱼感到很舒服，燕千鸟成了鳄鱼的“保健员”。

假如鳄鱼忘记了它的“保健员”闭起大嘴睡觉时，或者燕千鸟在鳄鱼嘴里待够了的时候，燕千鸟就用他的羽毛摩擦鳄鱼的上颚，鳄鱼立即就打哈欠，燕千鸟会趁此机会飞出。返回时，无论鳄鱼在哪里，燕千鸟都能找到。有时候，燕千鸟干脆在鳄鱼栖居地营巢，好像在为鳄鱼站岗放哨。稍有风吹草动，它们就会一哄而散、惊叫几声，向鳄鱼报警，鳄鱼得到报警信号后，便潜入水底避难。

在所有鸟兽都避开凶残的非洲鳄鱼时，燕千鸟却安然无恙。

无独有偶，在大西洋中有一种一生都在鱼的嘴里生活的虾，叫绿虾，而这种鱼是扁鱼。在鱼嘴里生活,听起来非常危险。但令人惊奇的是,扁鱼绝不会把绿虾吞进肚里,它不但不吃,还要好好地保护绿虾,白天它潜伏在绿虾周围,夜晚把绿虾含进嘴里,让它留宿。是什么原因让扁鱼对绿虾如此厚爱?

原来绿虾在水中游动时,身体晃动的频率极高,绿虾以自己身体的晃动吸引来了其他的小鱼来捕食,而前来捕食的小鱼就成了扁鱼的食物,绿虾成了扁鱼引诱食物的诱饵。久而久之,绿虾成了扁鱼生活不可分离的一部分,扁鱼也成了绿虾遇到危险时的保护神。

燕千鸟与鳄鱼,绿虾与扁鱼在食物链中的关系有目共睹。可是,面对强大的天敌,它们却能够安然地共处一隅。不得不令人佩服它们独具智慧的选择——找个“敌人”做搭档。

其实,无论是生活中或是职场中,不管是做大事业,抑或是做小买卖,找个优秀的“敌人”做搭档,利用双方的优势,会更好地解决问题,也一定会取得意想不到的双赢效果。

合作可以实现双赢,这是人生很重要的一课。有时候个人的力量是渺小的,难以抵挡外界的冲击。联合其他人,团体的力量就很强大了。

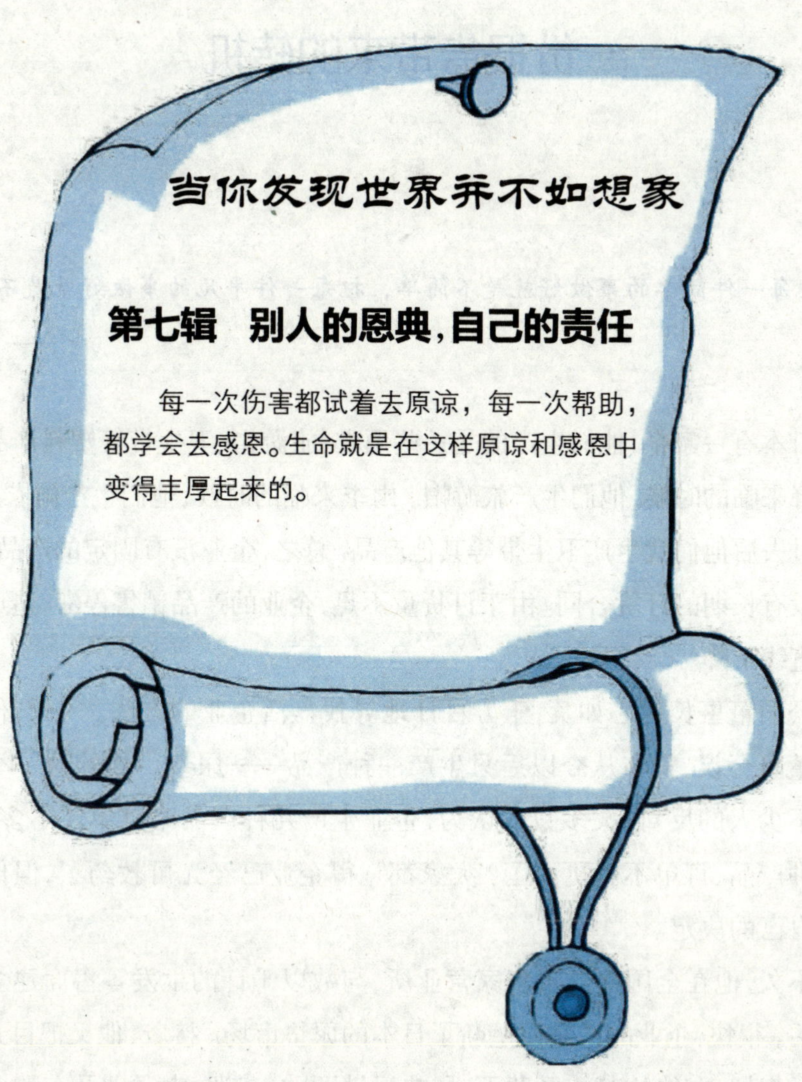

第七辑　别人的恩典，自己的责任

每一次伤害都试着去原谅，每一次帮助，都学会去感恩。生命就是在这样原谅和感恩中变得丰厚起来的。

一份报告带来的转机

顺江

把每一件简单的事做好就是不简单，把每一件平凡的事做好就是不平凡。

——张瑞敏

日本有一家企，他们生产的是一些雨衣、旅游帽、卫生带等塑料产品。旅游高峰来临的时候，他们生产旅游帽。雨季来临的时候，他们生产雨衣。旅游高峰过去后他们就生产卫生带等其他产品。总之，企业没有固定的产品，当然也就没有长期的订货合同。由于订货量不足，企业的产品销售停滞，造成经济效益直线下降。

公司董事长忧心如焚，千方百计地寻找盘活企业的方法。一天，他突然召开董事会议，宣布从今以后只生产一种产品——尿垫。他的这一举措引起了不少人的反对，大多数人认为，企业生产几种产品时订单还不多，只生产一种产品，订单不就更少了？大家都觉得企业已经无可救药了，但他始终坚持自己的决定。

不久，他在全国建立了多家营业所，与数以千计的批发零售商建立了供销关系。很快，企业的产品便垄断了日本的尿垫市场。接着，他又把目光投向了国际市场，在他的苦心经营下，尿垫远销西欧、美洲、大洋洲及东欧一些国家，年销售额达70亿日元。这家企业就是世界上最大的尿垫公司——尼西奇公司，董事长名叫多川博。

原来，多川博在办公室里看报纸时，一份全国人口普查报告引起了他的注意。报告中说日本每年出生 250 万名婴儿。于是,他想:“如果每个婴儿用两个尿垫,一年就需要 500 万个,这一市场前景非常广阔,如果把市场扩展到国际上,经济效益就更可观了。”权衡利弊后,他决定放弃其他产品,专门生产尿垫。

一份报告带来转机,一张报纸救活了一个企业。多川博的决策告诉人们:做任何事,博而不专只会导致广种薄收,只有目标如一,成功的机率才会增大。

捡了芝麻丢了西瓜的故事很多人都烂熟于心。把精力集中在一件事上,不要贪多,贪多的结果只能是什么都没做好,还浪费了时间。

别人的恩典,自己的责任

学学

感恩是精神上的一种宝藏。

——洛克

父亲常常对我说起这样两个故事:抗日战争时期,父亲是一名新四军战士。一次,一个新战士在擦枪时,不慎走火,一发子弹擦着他的眉毛飞过。随着一声刺耳的枪声,父亲和那位新战士全惊呆了,刚才那一幕可太惊险啦。连长走了过来,对那位新战士进行了严厉批评,还要关他禁闭。父亲却淡淡地说道:“刚才发生了那件事虽然很惊险,但我还应该感谢他的恩典。”连长疑惑地问道:“你怎么还要感谢他的恩典?”父亲说道:“是的,如果他的枪口再稍微抬高几毫米,我的脑袋就开花了,这不能不说是他对我的恩典;同时,我更加认识到自己的责任,我们只有负起高度的责任感,才能不对自己的同志犯过失。”连长听了父亲的一番话,沉思良久,说道:“你说的很对,无论什么时候,只要没对我们造成致命的伤害,我们都应该记着别人的恩典,牢记自己的责任,才会取得战斗的胜利。”

父亲每说完这个故事,就用手捶打一下我的肩膀,诙谐地说道:“你说,我是不是要记着他的恩典?如果当时他的枪口再稍微抬高几毫米,不就没有你小子今天了吗?”

我摸着自己的脑袋,嘿嘿地憨笑着,心里却暗暗思忖,父亲说得真好。

“文革”时,父亲被“造反派”打倒了。那个“造反司令”更是疯狂之极,他将父亲押上主席台,抽出裤腰带上皮带,用力抽打着父亲。父亲身上被抽打得一道道血痕,最后竟将皮带抽成了两截。父亲遭受了非人的痛苦和折磨。“文革”结束后,那个“造反司令”专门上门,向父亲表示道歉,请求父亲宽恕自己。父亲握着那个“造反司令”的手,爽朗地笑道:“我应该感谢你的恩典啊!”“造反司令”听了,一脸疑惑地望着父亲。父亲说道:“当年,你如果再抽重点,或者再抽断几根皮带,我这命早就呜呼哀哉了。”“造反司令”听了,羞愧地低下了头。父亲转而又语重心长地说道:“我们要记住别人的恩典,更要牢记自己的责任。不盲从、不跟风,尊重每一个生命,也是对自己的尊重。”“造反司令”听了,连连点头,脸上露出羞愧地神色。

父亲每说完这两个故事后,总是语重心长地对我说道:“孩子,人生中,无论别人对自己造成什么样的伤害,是有意还是无意,都应该感谢别人的恩典。有些伤害是难免的,有时是受环境、气候、人云亦云等因素的影响。当自己力量无法改变这一切时,只能默默地接受、默默地承受,这是一种隐忍,更是一种智慧。不记恨、不消极、不耿耿于怀,心中才能永远充满感恩和爱。”

这两个故事,我听了一遍又一遍,但每次听到从父亲口中说出,就会感到一种新颖和别致。用一颗恩典的心,对待那些给我伤害和使绊的人,淤积在心中的那些苦闷和忧愁就会渐渐化解,使我的脚步迈得轻盈起来。

回过头去看,我真的要感谢别人的恩典,才使我一直走到现在。往前看,我更清楚自己的责任:不轻易地去伤害一个人,甚至一朵花的绽放,这也是一种做人的底线和尊严。

每一次伤害都试着去原谅,每一次帮助,都学会去感恩。生命就是在这样原谅和感恩中变得丰厚起来的。

有所长才会被人利用

学学

人生的价值，即以其人对于当代所做的工作为尺度。

——徐玮

写字间8个人，老板说人多了，要走一个人。大家听了，脸色一下子变得忧郁起来。人人心理都很紧张，生怕自己摊上了。

我们这8个人，都没有什么社会关系和后台，能在这里找份工作很不容易，大家都很珍惜，生怕干的不好，被老板抄了鱿鱼。没想到，老板突然宣布要在我们这8人中间减掉一个人，这不能不让大家神经紧张起来。人人开始有一种自卫心理，干活更加勤勉。下班时间到了，谁不愿意先离开。

那天，老板将我喊到办公室，脸色冷淡地对我说道："经董事会研究，你被精减下去了，你去到劳资部门办个离职手续吧。"

听到这个消息，我的头脑一下子懵了。没想到，竟是我摊上了个这件倒霉事。当大家听到精减人员名单时，都如释重负地松了一口气，内心生出一种庆幸来。

我几乎是失魂落魄地办好了离职手续，然后逃也似地离开了公司。一路上，我心理一直愤愤不平地嘀咕道："为什么会是我？我刚来的时候，老板多次拍着我的肩膀说，你的平面设计很有特色，我们这里就需要你这样的人才，好好干，多带几个徒弟，这样才会有更大的发展。"

我激动地望着老板，努力将腰板挺了挺。那一刻，我心里充满了自豪和骄傲，能被老板赏识真是莫大的荣幸，将来一定会有很大的发展空间。没想

到,将徒弟带出几个后,我就被老板扫地出门了,心里充满了委屈和沮丧。

父亲看到我神情落寞地回来了,关切地问我遇到了什么事?

我眼圈一红, 说道:“我被老板利用了,精心带出几个徒弟后,自已却被老板炒了鱿鱼!”

父亲听了,不禁没有感到愤愤不平,反而爽朗地笑着说道:“祝贺你,孩子!被人利用也是有资格的, 只有有所长才会被人利用啊。”

父亲的一句话,让我一下子愣住了。什么?被人利用也是有资格的?

父亲看着我疑惑的目光,接着说道:“你想想,当初,你进了这家公司,正是因有平面设计这一特长,才会被老板看中,并让你带几个徒弟。如果你没有这个特长,说不定老板当时还不要你呢。现在,公司需要精减人员,老板减掉你,也没有什么埋怨的。相反,你应该感激老板让你在他那里积累了一定的工作经验,为你以后找工作积累了一笔宝贵的财富。孩子,你应该高兴才对啊!”

我惊讶地望着父亲。父亲的一番话,让我满腹怨言和牢骚顿时云淡风轻。原来有所长才会被人利用。不能被人利用,也是一种无能的表现。我既然有被人利用的一技之长,就不怕找不到工作。想到这,我不禁握紧了拳头,心理暗暗下着决心。

我又开始踏上找工作之路。每当到了一家公司接受面试,老板总会问我有什么特长。我听了,心里暗暗发笑,心想:“幸亏我有个可被人利用的特长,否则很难聘用。”

终于,我在一家公司签下劳动合同,而我被聘用的原因,就是因为我有个平面设计的特长。那一刻,我不再担惊受怕以后会被老板利用,心理变得十分坦然。

在这家公司我一干就是五年，还带出了几个徒弟。不过，令我感到欣慰的是，我不仅没有被老板抄鱿鱼，还被任命为业务主管，事业发展空间变得辽阔和灿烂起来。

一次，老板对我说了这么一句话："年轻人，不要怕被人利用。利用，也是一种动力和力量。我就是被人利用才一路发展过来的，就是到现在，我还在被人利用。在被利用中，我变得更加聪明、更加睿智。"

老板的一席话，不禁让我挺直了腰杆，仿佛有一股激情在心中燃烧。我对未来充满了信心和力量。人啊，无论何时，都应该有一个被人利用的特长。

我们在一个集体里的时候，根本目的就是为这个集体创造价值。如果你没有价值，那集体干嘛还要你呢，所以，有特长被人利用，说明你正在创造价值。

优势有时会成为负担

宝谷

名誉过高，实在是一种重大的负担。

——福尔特

每逢大学毕业季，大学生们就忙着找工作。大多数人认为，有优势的能最先找到工作。但实际上，往往是那些没有优势的学生最先找到工作。

一位心理学家举例解析了这一奇怪的现象。

大草原上分旱季和雨季。雨季过后，旱季来临，到处干旱，草木枯死，动物渴死。在旱季来临之前，动物们都要逃跑，以躲避旱灾不被渴死。那么，在逃跑的时候，是跑得快的动物渴死的多，还是跑得慢的动物渴死的多？

答案是：跑得快的动物渴死的多。原因很简单：跑得慢的动物风险意识较强。比如乌龟，它会想：我走得这么慢，下个月旱灾就来了，这个月得赶紧收拾东西先走。于是，跑得慢的动物提前都走了。而跑得快的动物，比如兔子，在旱季快要到来之前，可能还一边晒着太阳一边啃着胡萝卜，想："我的速度这么快，明天旱灾来临，今天跑都来得及。"兔子觉得自己有足够的应变时间，于是今天推明天，明天推后天，结果旱灾真的来临时它再想跑已经晚了。

心理学家的解析告诉我们一个道理：很多时候，优势会成为我们的负担，资源会成为我们的盲点。因此当我们占据优势时，更要特别注意防范风险。

生于忧患，死于安乐。每个人都应该有居安思危的意识，不是为了躲避危险，而是在危险来临的时候，我们可以从容应对。

带刺的长椅

睿雪

在太空时代，最重要的空间是存在于耳朵与耳朵之间。

——汤玛斯·巴楼

德国柏林有个公园很特别：里面有十几条吸引眼球的长椅，其表面布满了四厘米长的锥形钢刺。许多游客说这样的椅子中看不中坐。唯有当地的居民知道，这十几条长椅是最人性化的设计。

长椅的设计者是公园管理员法比安·布伦森。布伦森年轻时是名设计师，退休后来公园做管理员。他经常看到这样的场景：一条长椅上坐着两个人，左边的人看着手机傻笑，右边的人则盯着手机狂喊“加油”。他们顶多相距50厘米，可内心世界像隔了十万八千里，你聊你的天，我看我的球赛，互不干扰。

这让布伦森意识到，人和人之间最遥远的距离不是生与死，而是两个人紧挨着，却各自关注着另一个世界。他真想抽去公园里所有的长椅，让人们没地方坐下来看手机。可是，那样只会招来两个结果，人们要么不断抱怨，要么直接走人，回家继续摆弄手机。

经过一番思考，布伦森最终向当地政府申请将公园的长椅改成“锥刺股”款式。得到允许后，他先设计出一个投币盒和一个连接着十几根钢刺的线路板。然后，在每条长椅表面均匀地钻上十几个孔洞，孔洞里安装的正是那十几根钢刺。平时，这些钢刺都是冒出的状态。当人们往投币盒投入50欧分后，钢刺缩回到椅子中，人们就可以坐下休息。

钢刺缩回的时间是十分钟，时间一到，椅子就会发出尖锐的警告声，十几

秒后，钢刺又会重新冒出来。对于散步疲惫的人们来说，十分钟的休息已经足够；而对于玩手机的人来说，十分钟一晃就过，能有效起到“扫兴”的作用。

每条长椅都有一条相同的标语：请别让每天在此走路的距离小于手指滑动屏幕的距离。

带刺的长椅使用一段时间后，居民们这样评价：长椅虽有些“邪恶”，但让我们觉悟——试着放下手机，多和家人、朋友甚至陌生人面对面地交流。

电子产品的出现，的确方便了人们的生活，可是在另一方面，却也影响了人们的生活。缺乏交流缺乏沟通，几乎都成了全社会的通病了。

你若盛开，清风自来

曾少令

心灵不在它生活的地方，而在它所爱的地方。

——佚名

对于“你若盛开，清风自来”这句话，有一种到骨子里的喜欢。读起来薄凉薄凉的，有种飘飘然的感觉，却能让人想要如花般绽放，待到清风来时，花香满溢，定是能感动人的。

花儿每次盛开，注定是要经历疼痛的洗礼，展现曼妙的身姿。一意孤行的盛开，开到荼靡花事了，傲骨挺姿，生怕辜负季节的恩泽。哪怕世事如何变幻莫测，世态如何炎凉，生活如何困苦，她总是恣意地盛开，兀自芬芳，清风拂来，暗香涌动……

一个人总是要尝试孤身作战，去走陌生的路，听陌生的歌，住陌生的城市，看陌生的风景。面对现实的残酷与别人的冷漠，我们要学会自己舔愈伤口。要相信，在陌生的环境里，终究有那么一天，你如花般盛开，香气袭人，为苍白的人生平添绚丽的色彩，煞是惊艳，迷人。要知道，每个人都是上帝的宠儿，好好地活着，花期自会到来，幸福也将悄然而至。

若是平白无故被误解，解释却成了掩饰，甚至被反咬一口。此时，你不需绝望，不需生气，更不需大骂。佛说：“根本不必回头去看咒骂你的人是谁？如果有一条疯狗咬你一口，难道你也要趴下去反咬他一口吗？”

人确实要学会隐忍，心中才会澄净明亮，任何疯言疯语都中伤不了你。嘴巴是别人的，人生确是自己的。你有你的看法，我有我的原则，我不能阻止你恶语伤人，但我能两耳不闻。心若自在，活在自己的小天地里，照样花团锦簇。四季来，花自开，清风至，馥郁芳香。多一点枝枝节节，那就多开一些花。你就是那一朵花。坚强、动人、温婉、淡雅。

三毛曾说："我笑，便面如春花，定是能感动人的，任他是谁。"人生苦短，白驹过隙，生命不必委曲求全，不要让自己留下遗憾，做自己喜欢做的事，以自己想要的方式生活，即使在淤泥里也要开出艳丽的花朵，好好疼爱自己，宠爱自己，相信自己。

近来看史铁生的随笔，让我肃然起敬。他的文字是那么真实，全无矫揉造作之态，字里行间，深沉，温和，敦厚，充满生机与希望。身体上的残缺，并未使他自暴自弃。面对疾病的折磨，他曾有过轻生的念头，但他给了自己一个机会，再活一活试试。常言道："上帝在给你关闭门的时候，也会给你打开一扇窗。"如果说残疾就是上帝关门的警示，那么写作就是那扇窗，让他的生命开出花来，让他活下去的勇气和信心，并且活得精彩。其实，不必惊讶，不必慨叹，好好欣赏生活赐予的残缺，在残缺上开出傲骨的花。残缺也是一种美，衬托出你人格的健全和心灵的芬芳。

没有创伤的珍珠贝怎会有迷人闪烁的珍珠。同样，一星陨落，还有月亮星辰，暗淡不了整个星空；一叶飘零，还有绿树红花，荒芜不了整个春天。面对生活中的苦与难，我们能做的，就是让生命尽量开花。从容淡定。坐看云起。岁月静好。浅笑安然。

茫茫尘海，漫漫人生，再回首时，恍然如梦。人之一生，苦也罢，乐也罢，得也罢，失也罢，要紧的是心间的一方净土不能死气沉沉，黯淡无光。哪怕沧海桑田。你若盛开，清风阵阵。命里有时终须有，想要的自会有的，该来的总会到来。

你若盛开，清风自来。每个人的人生都可以过的风生水起，繁花似锦。心灵有净土，人生处处充满净土。

铁篱笆和藤蔓

倪西赟

舍，在佛教里就是布施的意思，布施，就如尼拘拖树，种一收十，种十收百，种百可收千千万。

——星云大师

铁篱笆曾经的辉煌是和伙伴们合力擒住了几个翻墙的盗贼，也曾用尖利的牙齿，刨开过一条跃起试图逃跑的狼的胸膛！

而今，铁篱笆因主人的搬走而寂寞无边。

一个路过的小女孩走过来，顽皮地就要攀爬铁篱笆。小女孩的妈妈急忙喝住小女孩："别动，那是个凶狠的铁篱笆，小心伤着。"小女孩带着失望的眼神，怯怯地离开了。

铁篱笆很郁闷，连个小孩都不敢接近它。

"篱笆大哥，帮帮我吧。"一条藤蔓悄悄爬到铁篱笆的脚下。

铁篱笆看到那只伸过来的细长孱弱的手臂，有点不情愿。但是，细藤还是轻轻攀上它的手臂。

"真是讨厌！"铁篱笆心中默默嘀咕。过了一会儿，火辣辣的太阳爬上铁篱笆的头顶。铁篱笆不但没觉得浑身燥热，反而感到阵阵清凉。

有一天，藤蔓在铁篱笆头上开出一朵紫色的小花，惹来了蜜蜂和蝴蝶。

"你帮帮我吧，帮我看着花，让蝴蝶和蜜蜂安心地采蜜，别让坏人靠近。"藤蔓央求着对铁篱笆说。

"我来保护你，放心地开花吧。"铁篱笆不再拒绝。

夏天到了，花儿谢了，藤蔓又长出一个个小瓜。

“你再帮帮我吧，帮我提着瓜，谁需要就让他拿去。”藤蔓说。

铁篱笆当然很乐意。

瓜儿熟了，路过的人摘走它，不停地赞叹：“好篱笆”！

铁篱笆顿时心花怒放。

冬天，花儿、瓜果都没有了。

藤蔓又对铁篱笆说，帮我保管好衣衫吧，我要冬眠了。藤蔓把自己缠绕在铁篱笆上，厚实得像一堵墙。

北风呼呼的早晨，一个赶路的人冻得发抖。他发现了铁篱笆，赶忙蹲下搓搓手和耳朵说：“真暖和。”

铁篱笆突然醒悟：它帮藤蔓，其实是在帮自己！

铁篱笆再也没有抱怨过自己没有用武之地。因为它明白了：一根藤，一朵花，一颗果，都有一个柔软的世界。

山不厌高，海不厌深。舍，看起来是给别人，其实是给自己。舍得什么就得到什么，如果骄慢是烦恼，那你舍去骄慢不就得到清凉了吗？如果妄想是虚伪，那你舍去妄想不就得到真实了吗？

雪花不怕热

程骏驰

守其初心,始终不变。

——苏轼

刘秀才金榜题名后,被朝廷任命为地方官员。他一心为民,履职尽责,清正廉洁,被当地老百姓称为清官,深受爱戴。可他却遭到了其他官员的排挤,总有小人告状,仕途非常不顺。

那年秋天,其他官员为了达到挤走他的目的,竟然捏造他虚报粮食收成的谎言报到朝廷。朝廷距离千里,无法核实情况,但鉴于他勤政有功,便贬了他的官到一个闲职上,他万念俱灰,整日愁苦度日。

一晃儿大半年过去了,他的心情依然没有好转。眼看着老百姓的生活越来越苦,可他根本无能为力。这一天,他想起官场沉浮,不禁悲从中来,既然不能为百姓做事,不如不问人间疾苦,心也就净了,他决定离开世俗,到寺庙出家。

大师问他为何看破红尘,他如实向大师禀告了自己的遭遇。大师听后,点头表示同情。外面寒风呼啸,大师带着他出门,望着落下的一片片雪花,突然问他:"雪花怕热吗?"他一愣,进而回答说:"师傅,雪花当然怕热,遇热它就化成水了。"大师听后一笑,对他说:"化成水又何妨,不久,它又会升入天空,再遇寒冷的时候又会变成雪花。雪花如人啊!遇到变故是自然的,坚持做原来的自己,无论什么境遇都别灰心,最后还会做回自己。"大师说完,笑着看着他。

他一听,豁然开朗,又回到了那个闲职上。在那里,他依然坚持清正本色,每日读书探索救民之策,不久,朝廷一纸调令,他被重新启用。

做事不难,难得是一直坚持做自己。你是否因为一些别人的闲言碎语就停止前进的脚步,是否因为一点微小的挫折就丧失斗志,一蹶不振。我们为什么不能坚持做自己?

圣无死地,贤无败局

张艳君

善良的心地,就是黄金。

——莎士比亚

有一位远房亲戚,我称她为表姐。她开了一家无纺布加工厂。这种企业产品技术含量不高,在我们这地方开办的人挺多,竞争激烈,一旦市场有变化,便纷纷有企业倒闭。可表姐的厂子却越来越红火,竟成了地方同行业中的龙头老大。

作为工业综合协调部门的一名干部,我要去发掘她这家企业的闪光之处,好发一期简报,以期能给市内一些企业家某些启示。那天去得不巧,没有见到表姐,接待我的是厂办公室陈主任。闲聊中,陈主任给我讲了有关表姐的两则小故事。

前年春节后,一天,陈主任和表姐一同到车间视察。二人来到原料车间,他们看见一个员工在熟睡。陈主任刚要发火,表姐则示意他不要吓着了那个人,自己弯下腰,轻轻将睡着人的摇醒,并对这位睡眼惺忪的员工说:"初春寒气尚重,这样睡会生病的。"又询问他,"你家中出了什么事吗?你能告诉我吗?"

这位员工一见是老板,一阵羞愧,说:"前不久,我母亲下地劳动,过一个坎时不小心摔折了腿,弟弟还在外乡流浪未回。"待他说完,表姐说:"你去工作吧。"

第二天,表姐叫陈主任到这位员工家去做家访,事实果然不差,表姐于是

安排了一名女职工去照料他的母亲。

陈主任不解:“你当时怎么就能料到他家中有事?这样一个普通员工,为何要如此对他照顾有加?”表姐说:“哪有一过完年刚刚开工就大白天在车间睡觉的?这一定是由于心情极度郁闷造成的,所以应该同情他。再说,他是一个孝子,对父母尽孝的人,一定会是一个忠于企业的人。”

这件事不仅让表姐在员工中有了好口碑,而且让人信服的是,表姐后来让这位员工去做销售,他总能处处维护企业的利益,果真创出了最好的业绩。

还有一个故事是,去年年底的一天,陈主任正在办公室处理一桩事情,忽听门外一阵喧闹声。出门一看,是一个有一两次来往的客户。一位业务员上前对陈主任说:“他上次赊了一批货,我向他催讨过几次,说好了今天来还钱的,可他不仅分文未带,而且还要继续赊一大笔货。我不同意,他便破口大骂,有这样不讲理的吗?”

虽然那人不说话,可仍然是一副气势汹汹的样子。

陈主任正要打电话让保安将他轰走,这时表姐来了。她从容地对那人说:“兄弟,你一定是遇到难处了,你不用发愁,我会让你过一个好年的。”可那人一见到是表姐,不由分说,上前就在她脸上掮了一巴掌。表姐一愣,随即赶紧吩咐陈主任:“快叫我的司机来,送他上医院!”

原来那人本来是小本经营,可经营不善,债务累累。看着别人热热闹闹准备过年,他的心情特别糟糕,他又有着慢性病,于是过量服用了一种毒性很大的药片……

事后,有人问表姐:“你为什么能预先知情而容忍他?”她回答:“大凡无理来挑衅的人,一定是有所仰仗的。他那天居然动手打我,我便立刻意识到他这是以身体作最后一搏,用这种挺笨的办法来讹一笔钱。不过,我相信他是一时鬼迷心窍,你对他好,他也会知恩图报。”

果然,事后这位客户非常悔恨自己一时糊涂,感谢表姐救了他一命,为他付了不菲的医药费,还为他家送去了过年钱。他四处现身说法,一时间,全市同行业几乎所有的客户都愿与表姐打交道。

有人说表姐会料事,也有人说她更是会识人。她却说:“无论是识人也好,料事也好,无不要能在细节之中预见坏事的苗头,能从纷繁之中察觉出吉祥的兆头——而这一切,皆要设身处地的为他人着想。故古人说,‘圣无死地,贤无败局’。我虽然不是圣贤,但要以圣贤为榜样,不断完善自己。”

我认为,她会识人,会料事,皆因她有着一颗善良的心。一个心存善念的人,也就会心明眼亮,也就会拥有一双识人料事的火眼金睛。

心怀孝道,心怀善良与感恩。如此才能以德服人,生意才会越做越大,路才会越走越广!

我之所爱为我天职

纳兰泽芸

不能爱哪行才干哪行,要干哪行爱哪行。

——丘吉尔

2010年7月,北大前任校长许智宏去深圳,点名约见两位在"各行各业都做得很出色"的北大校友。

其中一位就是"卖猪肉"北大校友,广东天地集团的总裁陈生。

陈生,广东湛江人,北京大学经济学学士,清华EMBA。1984年北大毕业后被分配在广州一个机关单位,每天过着重复,枯燥,没滋没味的日子,还得忍受单位里论资排辈、尔虞我诈的郁闷氛围,他觉得再这样混下去,简直是浪费生命。

三年后,他选择辞去"铁饭碗","下海"了。

80年代,自己砸掉人人羡慕的机关铁饭碗,那得需要多大勇气!

"下海"之后,他倒腾过服装,倒腾过白酒,也倒腾过房地产。而且倒腾房地产倒腾出了不小的动静,但他最终还是选择了"卖猪肉"。2006年,他打造自己的土猪养殖场,2007年开始在广州开猪肉档卖猪肉,短短两年时间在广州开设近100家"壹号土猪"连锁店,营业额达到2个亿,被人称为广州"猪肉大王"。

有人问他:"房地产赚钱又快又轻松,为什么还要卖肉呢?"

他说:"房地产赚钱轻松且快不假,但不符合我的性格,我还是安安分分养好我的猪。与其天天陪人喝酒赔笑脸,我更愿意跟阳光打交道。"

陈生说,当然,北大校友卖猪肉也要卖出"北大水平"来。2005年的一天,

陈生去农贸市场逛,看别人卖猪肉,这一看让他大吃一惊。农贸市场里那么多卖猪肉的,但没有一个猪肉有品牌,有形象。回来后他就着手调查猪肉市场数据,他发现全国 6.5 亿头猪,以一头猪 100 斤算就可卖 1000 元,全国猪肉市场一年就有一万亿的销售额。几乎没有一个行业有如此大的市场容量!

他越研究越有兴趣,他觉得如果他去卖电脑,他得面临像联想等这些几百亿上千亿级的企业竞争,但是卖猪肉,他是北大经济系毕业的,与竞争对手相比,他有与众不同的经济头脑。他决心要在这个行业里干一点"伟大"的事,人家一天卖一头猪、半头猪,他能卖几十头,几百头,这就是"北大水平"。

如今的陈生,经常待在广州郊区一个农庄里忙乎着他的猪肉事业,也在那里办公。在阳光、清风与憨拙的土猪陪伴下,自得其乐地工作。

可是,现实生活中,我们有多少人能够"自得其乐"地做自己喜欢的工作呢?

股神巴菲特说,做自己喜欢的事,还能有钱赚,这是件最快乐的事。巴菲特被邀至哥伦比亚大学演讲,当被问到他成功的秘诀时,巴菲特开怀大笑起来,他说与在座的学生们相比,他并无不同之处,如果一定要说有的话,那就是他每天都在做自己最喜欢的工作。

"每天都在做自己最喜欢的工作",这短短几个字,其实是无数人穷其一生都无法实现的美丽梦想。

绝大多数人的现状是,清晨勉强睁开困乏的眼睛,不情不愿地挤着去上班,熬到太阳落山,心力交瘁、腰酸背痛地下班。厌倦、烦躁、倦怠常常袭击我们脆弱的心。有久未联系的朋友打来电话:"最近过得怎么样?""唉,老样子,没劲。"

有这样一个故事,说一个观光团去一个山水秀美的偏僻小村去游玩,一个当地老人坐在树荫下一边吹着凉风一边编草帽,那草帽是用当地的一种蒲草编的,非常精致漂亮。观光团里的一个商人看见了,欣喜若狂,他想,这样漂亮精美的草帽,如果拿到大城市去卖,价钱一定不菲。

商人压住内心的狂喜,装作不经意地问老人:"请问,这草帽多少钱一顶啊?"老人微笑着说:"十块钱。"说完又低头继续编他的草帽了,老人边编草帽边哼着小调儿，看上去快乐而闲适。

商人快高兴得跳了起来，这么精致的帽子在大城市，没有一百块是绝对买不到的。商人赶紧对老人说："老人家，如果我在您这里订做1万顶草帽的话，你每顶能给我优惠多少钱呢？"

他以为老人肯定会高兴坏了，没想到老人慢吞吞地说："要是这样的话，我就不卖给你了。"商人大惑不解。老人说："我坐在这树荫底下编草帽，吹着风，喝着茶，哼着歌，本来是件很享受的事，没有一点负担。你要一万顶帽子，我就得没日没夜地拼命干，那该多累啊，不但身体累，我的心更累呢，所以我不愿卖了。"

当工作不是一种享受而成为一种心灵的负累时，我们就会有疲惫不堪，心力交瘁的感觉。

易中天给女儿选专业时的建议是：第一考虑兴趣，第二考虑自己的优势，第三考虑创造性，第四考虑将来是否挣钱。

当然，也许有些人会对易中天的建议不敢苟同，因为我们往往会迫于生活的压力，不得不从事一份自己不喜欢的工作，先要生存，然后才有可能去追求更多的东西。

既然目前不得不做我们不喜欢的这份工作，与其成天念叨："我不喜欢这工作，我好累……"，让自己如行尸走肉一样活着，不如调整自己，把目前从事的工作当成必要的过渡与磨炼，让它成为通向你喜欢的那份工作的桥梁。

终有一天，你会惊喜地发现你达到罗素所说的人生目标——"我之所爱为我天职。"

好多时候，我们都会碰到这样的问题：我最想做什么？每个人都知道自己想干什么，可是没多少人坚持去干自己想干的。包括考完高考报志愿的时候，都考虑哪个专业工作稳定，哪个专业就业好，而很少去考虑我想干什么？你知道自己想干什么吗，你有勇气坚持吗？